GRöLS Verlage

„BÜCHER SIND WIE FALLSCHIRME. SIE NÜTZEN UNS NICHTS, WENN WIR SIE NICHT ÖFFNEN."

Gröls Verlag

Redaktionelle Hinweise und Impressum

Das vorliegende Werk wurde zugunsten der Authentizität sehr zurückhaltend bearbeitet. So wurden etwa ursprüngliche Rechtschreibfehler *nicht* systematisch behoben, denn kleine Unvollkommenheiten machen das Buch – wie im Übrigen den Menschen – erst authentisch. Mitunter wurden jedoch zum Beispiel Absätze behutsam neu getrennt, um den Lesefluss zu erleichtern.

Um die Texte zu rekonstruieren, werden antiquarische Bücher von Lesegeräten gescannt und dann durch eine Software lesbar gemacht. Der so entstandene Text wird von Menschen gegengelesen und korrigiert – hierbei treten auch Fehler auf. Wenn Sie ebenfalls antiquarische Texte einreichen möchten, finden Sie weitere Informationen auf www.groels.de

Viel Freude bei der Lektüre wünscht Ihnen das Team des Gröls-Verlags.

Adressen

Verleger: Sophia Gröls, Im Borngrund 26, 61440 Oberursel

Externer Dienstleister für Distribution & Herstellung: BoD, In de Tarpen 42, 22848 Norderstedt

Unsere „Edition | Werke der Weltliteratur“ hat den Anspruch, eine der größten und vollständigsten Sammlungen klassischer Literatur in deutscher Sprache zu sein. Nach und nach versammeln wir hier nicht nur die „üblichen Verdächtigen“ von Goethe bis Schiller, sondern auch Kleinode der vergangenen Jahrhunderte, die – zu Unrecht – drohen, in Vergessenheit zu geraten. Wir kultivieren und kuratieren damit einen der wertvollsten Bereiche der abendländischen Kultur. Kleine Auswahl:

Francis Bacon • Neues Organon • **Balzac** • Glanz und Elend der Kurtisanen • **Joachim H. Campe** • Robinson der Jüngere • **Dante Alighieri** • Die Göttliche Komödie • **Daniel Defoe** • Robinson Crusoe • **Charles Dickens** • Oliver Twist • **Denis Diderot** • Jacques der Fatalist • **Fjodor Dostojewski** • Schuld und Sühne • **Arthur Conan Doyle** • Der Hund von Baskerville • **Marie von Ebner-Eschenbach** • Das Gemeindekind • **Elisabeth von Österreich** • Das Poetische Tagebuch • **Friedrich Engels** • Die Lage der arbeitenden Klasse • **Ludwig Feuerbach** • Das Wesen des Christentums • **Johann G. Fichte** • Reden an die deutsche Nation • **Fitzgerald** • Zärtlich ist die Nacht • **Flaubert** • Madame Bovary • **Gorch Fock** • Seefahrt ist not! • **Theodor Fontane** • Effi Briest • **Robert Musil** • Über die Dummheit • **Edgar Wallace** • Der Frosch mit der Maske • **Jakob Wassermann** • Der Fall Maurizius • **Oscar Wilde** • Das Bildnis des Dorian Grey • **Émile Zola** • Germinal • **Stefan Zweig** • Schachnovelle • **Hugo von Hofmannsthal** • Der Tor und der Tod • **Anton Tschechow** • Ein Heiratsantrag • **Arthur Schnitzler** • Reigen • **Friedrich Schiller** • Kabale und Liebe • **Nicolo Machiavelli** • Der Fürst • **Gotthold E. Lessing** • Nathan der Weise • **Augustinus** • Die Bekenntnisse des heiligen Augustinus • **Marcus Aurelius** • Selbstbetrachtungen • **Charles Baudelaire** • Die Blumen des Bösen • **Harriett Stowe** • Onkel Toms Hütte • **Walter Benjamin** • Deutsche Menschen • **Hugo Bettauer** • Die Stadt ohne Juden • **Lewis Caroll** • *und viele mehr….*

William Shakespeare

Das Leben und der Tod des Königs Lear

Übersetzt

von

Christoph Martin Wieland

Inhalt

Personen des Trauerspiels

Lear, König von Brittannien.
König von Frankreich.
Herzog von Burgund.
Herzog von Cornwall.
Herzog von Albanien.
Graf von Gloster.
Graf von Kent.
Edgar, Glosters Sohn.
Edmund, Bastard von Gloster.
Curan, ein Höfling.
Medicus.
Narr.
Oswald, Gonerills Haushofmeister.
Ein Officier.
Ein Edelmann, der Cordelia begleitet.
Ein Herold.
Ein alter Mann von Glosters Unterthanen.
Ein Bedienter von Cornwall.
Zwey Bediente von Gloster.
Gonerill, Regan und **Cordelia**, Lears Töchter.
Ritter die dem König aufwarten, Officiers, Boten, Soldaten und Bediente etc.

Der Schauplaz ligt in Brittannien.

Erster Aufzug

Erster Auftritt

Der Königliche Palast.

Kent, Gloster, und Edmund der Bastard, treten auf.

Kent. Ich dachte, der König liebe den Herzog von Albanien mehr als den von Cornwall.

Gloster. So schien es uns allezeit; allein izt, bey der Theilung seiner Königreiche kan man nicht sehen, welchen von beyden er höher schäze; das schärfste Auge könnte nichts entdeken, das einem Theil vor dem andern den Vorzug gäbe; so genau sind sie nach ihren verschiedenen Beschaffenheiten und Vorzügen gegen einander abgewogen.

Kent. Ist dieses nicht euer Sohn, Mylord?

Gloster. Die Last seiner Erziehung fiel auf mich. Ich habe schon so oft erröthet ihn für meinen Sohn zu erkennen, daß ich nicht mehr erröthen kan.

Kent. Ich begreiffe euch nicht.

Gloster. Die Mutter dieses jungen Menschen konnt' es; sie bekam davon eine gewisse Geschwulst, und zulezt, Sir, fand sich, daß sie einen Sohn für ihrer Wiege hatte, ehe sie einen Gemahl für ihr Bette hatte. Riechet ihr den Fehler?

Kent. Die Würkung dieses Fehlers ist so schön, daß ich nicht wünschen kan, er möchte unterblieben seyn.

Gloster. Ich habe zwar auch einen gesezmässigen Sohn, der etliche Jahre älter, aber mir nicht werther ist als dieser. Wenn dieser lose Junge gleich ein wenig unverschämt auf die Welt kam, eh man ihn verlangte, so war doch seine Mutter schön; es gieng kurzweilig zu als er gemacht wurde, und der H** Sohn muß erkannt werden. Kennst du diesen Edelmann, Edmund?

Edmund. Nein, Mylord.

Gloster. Es ist Mylord von Kent. Erinnere dich künftig seiner als meines würdigen Freundes.

Edmund *zu Kent.*
Ew. Gnaden geruhen meine Dienste anzunehmen.

Kent. Ihr gefallet mir, wir müssen besser mit einander bekannt werden.

Edmund. Mylord, ich werde mich bestreben euere Gewogenheit zu verdienen.

Gloster. Er ist neun Jahre ausser Landes gewesen, und soll noch länger seyn.

(Man hört Trompeten, der König kömmt.)

Zweyter Auftritt

König Lear, Cornwall, Albanien, Gonerill, Regan, Cordelia und Gefolge.

Lear. Gloster, gehe denen Fürsten von Frankreich und Burgund Gesellschaft zu leisten.

Gloster. Ich gehe, mein Gebieter.

(Geht ab.)

Lear. Nunmehr ist es Zeit, unser geheimes Vorhaben zu entdeken – – Gebet mir diese Land-Carte – – Wisset, wir haben unser Königreich in drey Theile getheilt, und es ist unsre erste Absicht, unser Alter aller Regierungs-Sorgen und Geschäfte zu entladen, und solche jüngern Schultern aufzulegen, indeß daß wir unbelastet dem Tod entgegen kriechen – – Unser Sohn von Cornwall, und ihr, nicht minder geliebter Sohn von Albanien, wir haben den standhaften Schluß gefaßt, in dieser Stunde die verschiedenen Morgengaben unsrer Töchter bekannt zu machen, damit allem künftigen Streit darüber vorgebogen werde. Die Fürsten von Frankreich und Burgund, ansehnliche Nebenbuler um die Liebe unsrer jüngern Tochter, haben schon lange ihren verliebten Aufenthalt an unserm Hofe gemacht, und sollen izt ihre Antworten erhalten. Saget mir, meine Töchter, (da wir uns nun der obersten Gewalt, der Landesherrschaft und der Sorge des Staats zu begeben willens sind,) von welcher unter euch sollen wir sagen, daß sie uns am meisten liebe? damit wir unsre freygebigste Huld dahin ergiessen, wo die Natur für das gröste Verdienst Ansprüche macht. Gonerill, unsre Erstgebohrne, rede zuerst.

Gonerill. Sire, ich liebe euch mehr als Augenlicht, Raum und Freyheit; mehr als alles was theuer und selten geschätzt werden mag; nicht minder als Leben, Gesundheit, Schönheit und Ehre; so sehr als jemals ein Kind geliebt, oder ein

Vater geliebt zu seyn verdient hat – – mit einer Liebe, die den Athem arm, und die Sprache unzulänglich macht, die über allen Ausdruk ist, liebe ich euch.

Cordelia *(beyseite.)*
Was soll Cordelia thun? Lieben und schweigen.

Lear. Von allen diesen Ländereyen, (von dieser Linie bis zu jener,) mit schattichten Wäldern und offnen Ebnen, mit fruchtbaren Strömen und weit verbreiteten Matten bereichert, machen wir dich zur Beherrscherin. Deiner und Albaniens Nachkommenschaft sollen sie auf ewig eigen seyn! – – Was sagt unsre zweyte Tochter, unsre geliebteste Regan, Cornwalls Gemahlin? Rede!

Regan. Ich bin von eben dem Metall gemacht wie meine Schwester, und schäze mein getreues Herz nach dem Werth des ihrigen. Ich finde, daß sie das wahre Wesen meiner Liebe ausgedrükt hat; nur darinn fällt sie zu kurz, daß ich mich selbst eine Feindin aller andern Freuden erkläre, welche die edelsten Sinnen uns zu geben vermögend sind, und finde, daß Eurer Majestät Liebe meine einzige Glükseligkeit macht.

Cordelia *(beyseite.)*
Arme Cordelia! – – und doch nicht arm, denn ich bin gewiß, daß meine Liebe gewichtiger ist als ihre Zunge.

Lear. Dir und den Deinigen bleibe zum ewigen Erbtheil dieser ansehnliche Drittheil unsers schönen Königreichs, nicht geringer an Grösse, Werth und Schönheit, als derjenige, den wir an Gonerill übertragen haben – – Nun du, unsre Freude, nicht die geringste, obgleich die lezte, deren jugendliche Liebe das weinvolle Frankreich, und das milchtrieffende Burgund zu gewinnen streben, was sagst du, ein drittes noch reicheres Loos zu ziehen als deine Schwestern?

Cordelia. Nichts, Milord!

Lear. Nichts?

Cordelia. Nichts!

Lear. Aus Nichts kan nichts entspringen. Rede noch einmal.

Cordelia. Ich Unglükliche, daß ich mein Herz nicht bis in meinen Mund hinauf bringen kan! Ich liebe Eu. Majestät so viel als meine Schuldigkeit ist, nicht mehr und nicht weniger.

Lear. Wie? wie, Cordelia? Verbeßre deine Rede ein wenig, oder du möchtest dein Glük verschlimmern.

Cordelia. Mein theurer Lord, ihr habet mich gezeugt, erzogen, und geliebt. Ich erstatte diese Wohlthaten wie es meine Pflicht erheischet, ich gehorche euch, ich liebe und verehre euch. Wofür haben meine Schwestern Männer, wenn sie sagen, sie lieben euch allein? Wenn ich mich vermählen sollte, so wird der Mann dem ich meine Hand gebe, auch die Helfte meiner Liebe und Ergebenheit mit sich nehmen. Wahrhaftig, ich will nimmermehr heurathen wie meine Schwestern, um allein meinen Vater zu lieben.

Lear. Sprichst du aus deinem Herzen?

Cordelia. Ja, mein theurer Lord.

Lear. So jung, und so unzärtlich?

Cordelia. So jung, Mylord, und so aufrichtig.

Lear. So laß denn deine Aufrichtigkeit deine Mitgift seyn. Denn bey den heiligen Stralen der Sonne, bey den Geheimnissen der Hecate und der Nacht, bey allen Würkungen der himmlischen Kreise, durch welche wir entstehen und aufhören zu seyn – – entsage ich hier aller väterlichen Sorge und Blutsverwandschaft, und erkläre dich von diesem Augenblik an auf immer für einen Fremdling zu meinem Herzen, und mir. Der barbarische Scythe, oder der mit dem Fleische seiner eignen Kinder seinen unmenschlichen Hunger stillt, sollen meinem Herzen so nahe ligen, und so viel Mitleiden und Hülfe von mir zu erwarten haben als du, einst meine Tochter.

Kent. Mein theurer Oberherr!

Lear. Zurük, Kent! Wage dich nicht zwischen den Drachen und seinen Grimm. Ich liebte sie höchlich, und gedachte den Rest meines Eigenthums ihren holden Abkömmlingen zu vermachen – – Hinweg aus meinem Gesicht! *(zu Cordelia)* – – So sey mein Grab meine Ruhe, als ich sie hier aus ihres Vaters Herzen verstosse. – Ruffet die Fürsten von Frankreich und Burgund! – Cornwall und Albanien, zu meiner beyden Töchter Mitgift, theilet auch die dritte unter euch. Der Stolz den sie Aufrichtigkeit nennt, mag sie versorgen. Euch belehne ich beyderseits mit meiner Oberherrlichkeit, und allen den hohen Gerechtsamen und reichen Vortheilen, welche die Majestät begleiten. Wir selbst werden mit Vorbehalt von hundert Edelknechten, die ihr unterhalten sollet, unsern monatlichen Aufenthalt wechselsweise bey euch nehmen; dieses und der königliche Titel mit seinem Zugehör ist alles was wir uns ausbedingen; die Regierung, die vollziehende Gewalt, und die Einkünfte, geliebte Söhne, sollen euer seyn. Zu dessen Bekräftigung theilet diese Crone unter euch.

(Er giebt die Crone hin.)

Kent. Königlicher Lear, du, den ich allezeit als meinen König geehrt, als meinen Vater geliebt, als meinen Meister begleitet, und als meinen Schuz-Engel in meinen Gebeten angeruffen habe – –

Lear. Der Bogen ist gespannt und angezogen, geh dem Pfeil aus dem Wege.

Kent. Laß ihn vielmehr fallen, wenn gleich seine Spize mein Herz durchbohren sollte. Kent mag unhöflich seyn, wenn Lear wahnwizig ist! Was willt du thun, alter Mann? Denkst du, die Pflicht soll sich scheuen zu reden, wenn sich die Gewalt vor der Schmeicheley bükt? Die Ehre ist zu Aufrichtigkeit verbunden, wenn die Majestät zu Thorheit herabsinkt. Behalt deinen Staat, hemme durch reifferes Urtheil diese entsezliche Uebereilung. Mit meinem Leben stehe ich davor, deine jüngste Tochter liebt dich nicht am wenigsten. Meynest du, ihr Herz sey weniger voll, weil es einen schwächern Klang von sich giebt, als diejenigen, deren hohler Ton ihre Leerheit wiederhallt?

Lear. Bey deinem Leben, Kent, nicht weiter!

Kent. Mein Leben hielt ich nie für etwas anders als ein Pfand, das dir meine Treue gegen deine Feinde versichern sollte; und ich fürchte nicht es zu verliehren, wenn deine Sicherheit der Beweggrund ist.

Lear. Aus meinem Gesicht!

Kent. Sieh' besser, Lear, und laß mich immer deinen wahren Augapfel bleiben.

Lear. Nun, beim Apollo!

Kent. Nun, beym Apollo, König, du entehrest deine Götter mit vergeblichen Schwüren.

Lear. Treuloser Vasall.

(Er legt seine Hand an sein Schwerdt.)

Albanien. Cornwall. Theurer Sir, haltet ein!

Kent. Tödte deinen Arzt, und nähre deinen Schaden – – Wiederruffe deinen Urtheilspruch, oder so lang ich einen Ton aus meiner Gurgel athmen kan, will ich dir sagen, du thust übel.

Lear. Höre mich, Abtrünniger! Weil du uns hast bereden wollen, unsern Eyd zu brechen, den wir nimmer brechen dürfen, und dich erfrechet hast, mit übermüthigem Stolz zwischen unsern Ausspruch und dessen Vollziehung zu treten, welches weder unsre Gemüthsart noch unsre Würde gestatten, und selbst unsre Macht nicht gut machen kan; so empfange deinen Lohn. Fünf Tage vergönnen wir dir, dich mit Mitteln gegen die Unfälle der Welt zu versehen; am sechsten aber kehre unserm Reich deinen verhaßten Rüken; denn wenn von izt am zehnten Tage dein verbannter Rumpf in unsern Herrschaften noch gefunden wird, so ist der Augenblik dein Tod. Hinweg beym Jupiter! diß soll nicht wiederruffen werden.

Kent. Lebe wohl, König! Seit dem du dich in dieser Gestalt zeigest, lebt die Freyheit anderwärts, und die Verbannung ist hier – – Die Götter schüzen dich, Mädchen, die du richtig denkst und sehr richtig gesprochen hast. Ihr aber, mögen eure Thaten eure vielversprechenden Reden bewähren! Und hiemit, ihr Fürsten, sagt Kent euch allen, lebewohl, und geht, seinen Lauf in einem fremden Lande zu vollenden.

(Geht ab.)

Gloster mit den Fürsten von Frankreich und Burgund, und ihrem Gefolge, tritt auf.

Gloster. Hier ist Frankreich und Burgund, mein edler Lord!

Lear. Mylord von Burgund, wir wenden uns zuerst an euch, die ihr neben diesem Könige um meine Tochter euch beworben habet. Nennet das wenigste, was ihr zur Morgengabe mit ihr verlangt, oder stehet von euerm verliebten Gesuch ab.

Burgund. Königlicher Herr! Ich fordre nicht mehr als Eure Majestät sich erboten hat, und weniger werdet ihr nicht geben.

Lear. Sehr edler Lord, als sie uns werth war, hielten wir sie so; aber nun ist ihr Preiß gefallen. Sir, hier steht sie. Wenn irgend etwas an diesem kleinen Scheinding, oder alles zusammen genommen, mit unsrer Ungnade beschwert, Eu. Gnaden anständig ist, so ist sie hier und ist Euer.

Burgund. Ich weiß keine Antwort hierauf.

Lear. Wollt ihr sie, mit allen diesen Gebrechen, welche alles sind was sie hat, freundlos, zu unserm Haß adoptiert, mit unserm Fluch ausgesteurt, und durch unsern Eyd für eine Fremde erklärt, wollt ihr sie nehmen oder verlassen?

Burgund. Vergebung, Königlicher Herr! Auf solche Bedingungen findet keine Wahl Plaz.

Lear. So verlasset sie dann, Sir, dann bey der Macht, die mich erschaffen hat, ich sagte euch ihren ganzen Reichthum. Was euch betrift, grosser König, so schäze ich eure Liebe höher, als daß ich euch mit derjenigen vermählen wollte, die ich hasse. Ich bitte euch also, wendet eure Neigung auf einen würdigern Gegenstand als eine Unglükselige, welche die Natur selbst beschämt ist, für die ihrige zu erkennen.

Frankreich. Diß ist sehr seltsam, daß Sie, die bisher der Liebling euers Herzens, der Inhalt euers Lobes, und die Erquikung euers Alters war, in etlichen Augenbliken eine That begangen haben soll, die vermögend sey, sie einer so vielfältigen Gunst zu berauben. Denn nur irgend ein unnatürliches ungeheures Verbrechen kan eine solche Würkung thun. Dieses aber von Ihr zu denken, erfodert einen Glauben, zu dem sich meine Vernunft ohne Wunderwerk nicht fähig findet.

Cordelia. Ich bitte Euer Majestät, (weil mein Verbrechen ist, daß ich diese glatte schlüpfrige Kunst nicht besize, etwas zu reden, was ich nicht meyne; denn was meine wahre Meynung ist, das gebe ich früher durch Thaten als Worte zu erkennen;) bekannt zu machen, daß keine lasterhafte Tüke, Mord oder Verrätherey, noch eine unkeusche That, oder sonst ein entehrender Schritt mich Eurer Gnade beraubt hat, sondern bloß ein Mangel der mich reicher macht, der Mangel eines immer bettelnden Auges, und solch einer Zunge, dergleichen ich nicht zu haben, mich freue; obgleich sie nicht zu haben, mir den Verlust Eurer Zuneigung gebracht hat.

Lear. Besser wär' es, du wärest nie gebohren worden, als daß du mir nicht besser gefallen hast.

Frankreich. Ist es nur diß? Eine Langsamkeit des Temperaments, die manchmal nicht ausdrüken kan, was sie im Sinne hat? Mylord von Burgund, was sagt ihr zu der Lady? Liebe ist nicht Liebe, wenn sie mit Absichten vermengt ist, die neben dem wahren Ziel vorbey gehen. Redet, wollt ihr sie haben? Sie selbst ist das gröste Heurathgut.

Burgund. Königlicher Herr! Gebet Ihr nur das Erbtheil, das Ihr willens waret, so nehme ich hier Cordelias Hand, und erkläre sie zur Herzogin von Burgund.

Lear. Nichts! – – ich habe geschworen.

Burgund. So bedaure ich denn, daß ihr einen Vater so verlohren habet, daß ihr auch einen Gemahl verlieren müßt.

Cordelia. Friede sey mit Burgund! weil Absichten auf Vermögen seine Liebe sind, so werde ich nicht sein Weib werden.

Frankreich. Schönste Cordelia; desto reicher, weil du arm bist, desto wählenswürdiger, weil du vergessen, und desto geliebter, weil du verschmähet wirst. Hier bemächtige ich mich deiner und deiner Tugenden, wenn es anders erlaubt ist zu nehmen, was andre verworffen haben. Ihr Götter! wie seltsam, daß die kälteste Gleichgültigkeit meine Liebe zu flammender Ehrfurcht anfachen soll! Deine enterbte Tochter, König, von dir verworffen, und meiner Willkuhr überlassen, ist Königin von Mir, von Frankreich, und von allem was mein ist. Alle Herzoge des wasserreichen Burgunds können dieses ungeschäzte theure Mädchen nicht von mir erkauffen. Gieb ihnen das lezte Lebewohl, Cordelia, so ungütig sie sind; du verlierst hier, anderswo etwas bessers zu finden.

Lear. Du hast sie, Frankreich! Laß sie dein seyn, denn wir haben keine solche Tochter, noch werden wir dieses ihr Gesicht jemals wieder sehen. Gehet also, ohne unsre Gnade, unsre Liebe, und unsern Segen. Komm, edler Burgund!

(Lear und Burgund gehen ab.)

Frankreich. Beurlaubet euch von euern Schwestern.

Cordelia. Ihr Kleinode euers Vaters, mit gebadeten Augen verläßt euch Cordelia; ich weiß wer ihr seyd, und bin als eine Schwester gar nicht geneigt, eure Fehler mit ihrem eignen Namen zu nennen. Liebet unsern Vater in der That. Euerm Liebe-athmenden Busen empfehle ich ihn! Und doch, stünde ich in seiner Gnade, ich wollte ihm einen bessern Plaz anweisen. So lebet wol!

Regan. Ihr habt nicht nöthig, uns unsre Pflicht vorzuschreiben.

Gonerill. Laßt ihr eure Sorge seyn, euerm Gemahl zu gefallen, der euch vom Allmosen des Glüks aufgenommen; ihr habt durch Mangel an Gehorsam den Mangel wol verdienet, auf den ihr noch stolz zu seyn scheint.

Cordelia. Die Zeit wird enthüllen, was die gefaltete List verbirgt. Wol mög' es gehen!

Frankreich. Komm, meine schöne Cordelia.

(Frankreich und Cordelia gehen ab.)

Fünfter Auftritt

Gonerill. Schwester, es ist nicht wenig, was ich über Dinge, die uns beyde angehen, zu sagen habe. Ich denke, unser Vater wird diese Nacht von hier abgehen.

Regan. Das ist gewiß, und mit Euch; den künftigen Monath zu Uns.

Gonerill. Ihr sehet, wie veränderlich ihn sein Alter macht; die Gelegenheit die wir hatten, diese Beobachtung zu machen, war nicht gering. Er liebte unsre Schwester immer vorzüglich, und aus was für einem armseligen Grund er sie izt weggeworffen, ist nur allzu offenbar.

Regan. Es ist die Schwachheit seines Alters; und doch hat er sich selbst allezeit nur obenhin gekannt.

Gonerill. Das Beste und Gesundeste was er in seiner Zeit that, war übereilt; was können wir also anders erwarten, als nicht nur alle Fehler einer lang eingewurzelten Gewohnheit; sondern überall diese unlenksame Wunderlichkeit, die ein schwaches und cholerisches Alter mit sich bringt.

Regan. Wir werden noch manche solche unverständige Grillen von ihm erfahren, wie Kents Verbannung war.

Gonerill. Der Abschied zwischen ihm und Frankreich ist noch ein solches Beyspiel. Ich bitte euch, laßt uns gemeinschaftlich zu Werke gehen. Wenn unser Vater das königliche Ansehen mit einer solchen Gemüths-Beschaffenheit beybehält, so ist seine lezte Abdankung vielmehr etwas beleidigendes.

Regan. Wir wollen weiter über diese Sache denken.

Gonerill. Wir müssen irgend etwas thun, und das in der ersten Hize.

(Sie gehen ab.)

Sechster Auftritt

Die Scene verändert sich in ein Schloß des Grafen von Gloster.

Edmund *mit einem Briefe.*
Du, Natur, bist meine Göttin! Deinem Gesez allein will ich dienstbar seyn. Warum sollte ich mich selbst in den Cirkel der Gewohnheit bannen, warum die ungerechte Gewohnheit der Völker, mich des Rechts das du mir giebst, entsezen lassen? Bloß darum, weil ich zwölf oder vierzehn Mondscheine vor einem Bruder kam? Warum Bastard? Warum unedel? Wenn ich eben so wol gemacht, von Geist so edel, von Gestalt so ächt bin als die Geburt der ehrlichen Madam. Warum brandmahlen sie uns so mit Namen von böser Ahnung? Unächt, ehrlos, Bastard? Wie? Ich unächt? Ich, der in der verstohlnen Lust der üppigen Natur mehr Stoff und Feuer erhielt, als jener der in einem abgeschmakten, schaalen, langweiligen Ehebette, bestimmt eine ganze Zucht von Dumköpfen auszuheken, zwischen Schlaf und Wachen gezeugt ward? - - Wohl dann, mein ächter Edgar! Mir fehlt nichts als deine Güter. Unsers Vaters Liebe ist zu dem Bastard Edmund was zu dem ächten Sohn - - ein feines Wort - - ächt! Nun wohl, mein ächter Herr, laß nur diesen Brief und meinen Anschlag glüken, so wird Bastard Edmund der ächte seyn. - - Ich wachse, ich gedeyhe! Wohlan, ihr Götter, haltet fest auf der Parthey der Bastarde! Ihr habt es wol Ursache.

Siebender Auftritt

Gloster. Edmund.

Gloster. Kent verbannt! und Frankreich im Zorn entlassen! und der König bey Nacht abgereist! Seine Gewalt abgetreten! Sein Unterhalt sogar fremder Willkuhr überlassen! - - Alles geht unter über sich - - Edmund? - - Wie steht's? Was Neues?

Edmund. Mit Euer Gnaden Erlaubniß, nichts.

Gloster. Warum eilt ihr so eifrig, diesen Brief einzusteken?

Edmund. Ich weiß nichts neues, Mylord.

Gloster. Was für ein Papier laset ihr da?

Edmund. Nichts, Mylord.

Gloster. Wozu war es denn vonnöthen, mit einer so entsezlichen Eilfertigkeit in eure Tasche damit zu fahren? Laßt es sehen! – – Kommt, wenn es nichts ist, so werde ich keine Brille dazu brauchen.

Edmund. Ich bitte Euer Gnaden um Vergebung, es ist ein Brief von meinem Bruder, den ich noch nicht ganz überlesen habe; und so viel als ich davon gelesen, finde ich ihn nicht so beschaffen, daß Ihr ihn sehen dürftet.

Gloster. Gebt mir den Brief, Sir.

Edmund. Ich vergehe mich, wenn ich ihn zurük behalte, und wenn ich ihn gebe; der Inhalt, so viel ich zum theil davon verstehe, ist zu tadeln.

Gloster. Laß sehen, laß sehen.

Edmund. Ich hoffe zu meines Bruders Rechtfertigung, er schreibe ihn nur, meine Tugend auf die Probe zu stellen.

Gloster *(ließt.)*
„Diese durch die Geseze eingeführte Ehrfurcht vor dem Alter macht die Welt für unsre besten Jahre unbrauchbar, und enthält uns unser Vermögen vor, bis wir es nimmer geniessen können. Ich fange an, eine alberne und allzu gutherzige Sclaverey in der Unterwerffung unter bejahrte Tyranney zu finden, welche nicht herrschet, weil sie Gewalt hat, sondern weil sie geduldet wird. Wenn unser Vater so lange schliefe bis ich ihn wekte, so solltet ihr auf immer die Helfte seiner Einkünfte geniessen, und der Liebling euers Bruders Edgar seyn." – – Hum! – – Verrätherey! – – schlieffe, bis ich ihn wekte – – solltet ihr die Helfte seiner Einkünfte geniessen – – Mein Sohn Edgar! Hat er eine Hand diß zu schreiben? Ein Herz und ein Gehirn, diß auszubrüten? Wenn kam euch diß zu? Wer bracht es euch?

Edmund. Es wurde mir nicht gebracht, Mylord; das ist die List davon. Ich fand es durch ein Fenster in mein Cabinet geworffen.

Gloster. Kennet ihr die Hand, daß sie euers Bruders ist?

Edmund. Wenn der Inhalt gut wäre, Mylord, so wollte ich schwören, es wäre die seinige; aber so wie er ist, möchte ich gerne denken, es wäre nicht so.

Gloster. Es ist seine Hand.

Edmund. Seine Hand ist es, Mylord, aber ich hoffe sein Herz ist nicht in dem Inhalt.

Gloster. Hat er euch vorher niemals über diesen Punct ausgeforschet?

Edmund. Niemals, Mylord. Doch hab ich ihn oft behaupten gehört, es wäre am schiklichsten, wenn Söhne bey reiffen Jahren, und Väter auf der Neige seyen, daß der Vater unter der Vormundschaft des Sohnes stehen, und dieser das Vermögen verwalten sollte.

Gloster. O! Bösewicht! Bösewicht! Eben das ist die Meynung seines Briefes. Abscheulicher Bösewicht! Unnatürlicher, entsezlicher, viehischer Bösewicht! Geh', suche ihn, ich will ihn fest machen lassen. – – Schändlicher Bube! wo ist er?

Edmund. Ich weiß es nicht eigentlich, Mylord. Wenn es Euer Gnaden belieben möchte, Euern Unwillen über meinen Bruder noch zurük zu halten, bis Ihr ein gewisseres Zeugniß von seinen Absichten aus ihm heraus gebracht hättet, so würdet Ihr desto sicherer gehen; da hingegen, wenn Ihr gewaltthätig mit ihm verfahret, und sich's fände, daß Ihr über seine Absicht geirret hättet, so würde das Eurer eignen Ehre eine grosse Wunde beybringen, und das Herz seines Gehorsams in Stüken zerschlagen. Ich wollte mein Leben für ihn verpfänden, daß er das nur schrieb, meine Liebe zu Euer Gnaden zu versuchen, und daß er nichts böses damit meynte.

Gloster. Denket ihr das?

Edmund. Wenn Euer Gnaden es gut finden, will ich Euch an einen Ort stellen, wo Ihr uns beyde über diese Sache reden hören, und durch das Zeugniß Eurer eignen Ohren befriediget werden könnt; und das ohne längern Aufschub, diesen Abend noch.

Gloster. Nein! er kan nicht ein solches Ungeheuer seyn!

Edmund. Auch ist er es gewiß nicht!

Gloster. Gegen einen Vater, der ihn so zärtlich liebt – – Himmel und Erde! Edmund, such ihn auf; mache daß ich ihn ungesehen hören kan, veranstalte die

Sache nach deiner eignen Klugheit. Ich will den Vater ablegen, um nur nach den Gesezen der Gerechtigkeit zu handeln.

Edmund. Ich will ihn sogleich aufsuchen; ich will die Sache so einleiten, wie es die Umstände erfodern, und euch von allem Nachricht geben.

Gloster. Diese neuerlichen Verfinsterungen der Sonne und des Monds bedeuten uns nichts Gutes. Wenn schon die Ordnung der allezeit weisen Natur nicht dadurch aufgehoben wird, so leidet sie doch unter den Folgen. Die Liebe erkaltet, die Freundschaft fällt ab, Brüder trennen sich. In Städten Aufruhr; in Provinzen Zwietracht; in Pallästen Verrätherey; und das Band zwischen Sohn und Vater aufgelöst. Dieser mein Bösewicht fällt unter die Weissagung – – Hier ist ein Sohn wider den Vater; der König tritt aus dem Gleise der Natur – – Hier ist ein Vater wider sein Kind. Wir haben das Beste von unsrer Zeit schon gesehen. Untreue, Ränke, Verrath und alle verderbliche Unordnungen verfolgen uns bis in unser Grab. Suche diesen Buben auf, Edmund; es soll dir keinen Schaden bringen – – Thu es mit Sorgfalt – – und der edle treuherzige Kent verbannt! Sein Verbrechen, Redlichkeit! das ist wunderlich!

(Geht ab.)

Achter Auftritt

Edmund *kommt zurük.*
Es ist doch eine vortreffliche Narrheit der Welt, daß wenn wir meistens durch eigne Schuld unglüklich sind, wir auf Sonne, Mond und Sterne die Schuld unsrer Unfälle werfen, und uns bereden möchten, wir seyen Bösewichter durch fatale Nothwendigkeit, Thoren durch himmlischen Antrieb, feige Memmen, Diebe und Spizbuben durch die Obermacht der Sphären; Säuffer, Lügner und Ehebrecher durch einen unwiderstehlichen Einfluß der Planeten; und alles, worinn wir schlimm sind, durch göttliches Verhängniß. Eine unvergleichliche Ausflucht für den H** Jäger, den Menschen, seine bökische Neigungen auf Rechnung der Gestirne zu schreiben. Mein Vater hielt mit meiner Mutter unter dem Drachenschwanz zu, und unter dem Einfluß des grossen Bären wurde ich gebohren; folglich kan ich nicht anders als rauh und schelmisch seyn. Wahrhaftig, ich würde gewesen seyn wer ich bin, wenn gleich der allerjungfräulichste Stern am ganzen Firmament über meine Bastardisation gefunkelt hätte.

Neunte Scene

Edgar kömmt zu ihm.

Edmund. Husch! – – Er kömmt gleich der Entwiklung in der alten Comödie. Meine Rolle ist, spizbübische Melancholie mit einem Seufzer, wie Tom von Bedlam – O! diese Finsternisse bedeuten solche Mißhelligkeiten! fa, sol, la, mi, – –

Edgar. Wie stehts, Bruder Edmund, in was für einer tiefsinnigen Betrachtung seyd ihr begriffen?

Edmund. Ich denke, Bruder, an eine Weissagung, die ich dieser Tagen las, was auf diese Verfinsterungen folgen würde.

Edgar. Bekümmert ihr euch um solche Dinge?

Edmund. Ich versichre euch, diese Weissagungen treffen zum Unglük nur gar zu wol ein. Wenn sahet ihr meinen Vater das lezte mal?

Edgar. Verwichne Nacht.

Edmund. Sprachet ihr mit ihm?

Edgar. Ja, zwey Stunden an einander.

Edmund. Schiedet ihr vergnügt von einander? Fandet ihr kein Mißvergnügen bey ihm, weder in Worten noch Gebehrden?

Edgar. Nicht das geringste.

Edmund. Besinnet euch, worinn ihr ihn etwann beleidigt haben möchtet, und lasset euch erbitten, seine Gegenwart zu meiden, bis die erste Hize seines Unwillens sich verlohren haben wird, welche izt so sehr in ihm tobet, daß es ohne Unglük für eure Person schwerlich ablauffen könnte.

Edgar. Irgend ein schändlicher Bube muß mich bey ihm verläumdet haben.

Edmund. Das fürcht' ich eben; ich bitte euch, weichet ihm sorgfältig aus, bis sich seine Wuth in etwas gelegt hat; und wie ich sage, kommt mit mir in mein Zimmer, wo ich machen will, daß ihr ohne bemerkt zu werden, Mylord reden hören könnet. Ich bitte euch, geht; hier ist mein Schlüssel; wenn ihr heraus geht, so gehet bewaffnet.

Edgar. Bewaffnet, Bruder!

Edmund. Bruder, ich rathe euch das beste; ich will kein ehrlicher Mann seyn, wenn man etwas gutes gegen euch im Sinn hat. Ich habe euch gesagt, was ich gesehen und gehört habe; doch auf die gelindeste Art; es kan nichts entsezlichers seyn. – – Ich bitte euch, gehet.

Edgar. Werde ich bald wieder von euch hören?

(Geht ab.)

Zehnter Auftritt

Edmund. Ich diene euch in diesem Geschäfte. Ein leichtgläubiger Vater, und ein edler Bruder, dessen Gemüthsart so entfernt ist jemand ein Leid zu thun, daß er auch keines argwöhnen kan, und dessen alberne Ehrlichkeit die Helfte meiner Ränke unnöthig macht. Ich sehe diesem Geschäft unter die Augen. Wenn mir die Geburt keine Ländereyen gab, so soll mein Wiz sie mir verschaffen. Mir ist alles recht, was sich machen läßt.

(Geht ab.)

Eilfter Auftritt

Des Herzogs von Albanien Palast. Gonerill und Haushofmeister treten auf.

Gonerill. Wie? mein Vater schlägt meinen Hof-Junker, weil dieser seinen Narren ausgescholten hat?

Hofmeister. So ist es, Gnädige Frau.

Gonerill. Tag und Nacht beleidigt er mich; es vergeht keine Stunde, da er nicht in diese oder jene grobe Uebelthat aufsprudelt, die uns alle an einander hezt; ich will es nicht länger leiden: Seine Ritter fangen an ganz ausgelassen zu werden, und er selbst macht uns um einer jeden Kleinigkeit willen Vorwürffe. Wenn er von der Jagd zurük kömmt, will ich nicht mit ihm reden; sagt, ich befinde mich nicht wol. Wenn ihr von euerm vorigen Dienst-Eifer gegen ihn nachlasset, werdet ihr wohl thun; ich nehme die Verantwortung auf mich.

Hofmeister. Er kömmt würklich, Gnädige Frau; ich hör' ihn.

Gonerill. Ermüdet seine Geduld durch so viel Nachlässigkeiten, als euch nur beliebt, ihr und eure Cameraden; ich möchte gern, daß es zur Untersuchung käme. Wenn es ihm nicht ansteht, so mag er zu meiner Schwester gehen, deren Sinn mit dem meinigen darinn übereinkömmt, sich nicht beherrschen lassen zu wollen; der thörichte alte Mann, der alle diese Gewalt immer ausüben will, die er doch weggegeben hat. Nun, bey meinem Leben! Alte Leute werden wiederum Kinder, und müssen, wie Kinder, ausgescholten und nicht geliebkoset werden, wenn man sieht daß sie nur unartiger davon werden.

Hofmeister. Euer Gnaden haben vollkommen recht.

Gonerill. Seinen Rittern kan man auch kältere Blike zukommen lassen; was daraus entstehen mag, das hat nichts zu bedeuten; weiset die übrigen Bedienten deshalben an; ich will sogleich an meine Schwester schreiben, damit sie eben denselben Weg einschlägt – – Macht, daß das Mittag-Essen fertig wird.

(Sie gehen ab.)

Zwölfter Auftritt

Die Scene verändert sich in einen offnen Plaz, vor dem Palast.

Kent *tritt auf, verkleidet.*
Wenn ich eben sowol einen andern Accent und eine langsamere Aussprache annehmen kan, als ich meine Gestalt verändert habe, so kan meine gute Absicht vielleicht zu dem völligen Endzwek kommen, um dessentwillen ich meine Person verläugne.

Man hört Hifthörner. Lear, seine Ritter und Bediente treten auf.

Lear. Laßt mich nicht einen Augenblik auf das Mittag-Essen warten. Geht, macht es fertig. Wie nun, wer bist du? *(Zu Kent.)*

Kent. Ein Mann, Sir.

Lear. Wofür giebst du dich? was willt du bey uns?

Kent. Ich gebe mich für nicht weniger, dann ich scheine; für einen, der demjenigen treulich dienen will, der mich in Pflicht nimmt, der ehrliche Leute liebt, und mit vernünftigen Leuten gern umgeht; der nicht viel spricht, weil er sich vor Tadel fürchtet; der ficht, wenn er's nicht vermeiden kan, und keine Fische ißt.

Lear. Wer bist du?

Kent. Ein recht ehrlicher gutherziger Kerl, und so arm als der König.

Lear. Wenn du für einen Unterthanen so arm bist, als er es für einen König ist, so bist du arm genug. Was willt du?

Kent. Dienste.

Lear. Wem willt du dienen?

Kent. Euch.

Lear. Kennst du mich, Bursche?

Kent. Nein, Sir; aber ihr habt etwas in eurer Person, das ich gerne meinen Herrn nennen möchte.

Lear. Und was ist das?

Kent. Ansehen.

Lear. Was für Dienste kanst du thun?

Kent. Ich kan ehrliche Geheimnisse bey mir behalten, reiten, lauffen, ein lustiges Mährchen auf eine langweilige Art erzählen, und eine leichte Commission ungeschikt ausrichten – – Wozu ein alltäglicher Mensch nur immer tüchtig ist, dazu bin ich der Mann; und das Beste an mir, ist Fleiß.

Lear. Wie alt bist du?

Kent. Nicht jung genug, Sir, um ein Weibsbild, wegen ihres Singens zu lieben; und nicht alt genug, um wegen irgend einer Ursache in sie vernarrt zu seyn. Ich hab acht und vierzig Jahr auf meinem Rüken.

Lear. Folge mir, ich nehme dich in meine Dienste; wenn du mir nach der Mahlzeit nicht schlechter gefällst, so werden wir nimmer von einander scheiden. Das Mittag-Essen! ho! das Mittag-Essen! – – Wo ist mein Schlingel? mein Narr? Geht, ruft meinen Narren her. Ihr, Ihr, Bengel! Hört ihr, wo ist meine Tochter?

Der Haushofmeister kömmt.

Hofmeister. Wenn es beliebt – –

(Er geht wieder ab.)

Lear. Was sagt der Kerl da? Ruft den Lümmel zurük – – Wo ist mein Narr? ho! Ich denke, die ganze Welt ligt im Schlaf Was ists? was sagt der Maulaffe?

Ritter. Mylord, er sagt, eure Tochter befinde sich nicht wohl.

Lear. Warum kam der Sclave nicht zurük, als ich ihn rief?

Ritter. Er antwortete mir rund heraus, er wolle nicht.

Lear. Er wolle nicht?

Ritter. Mylord, ich weiß nicht was es zu bedeuten hat; aber meines Bedünkens, wird Euer Hoheit nicht mehr mit der ehrfurchtsvollen Zuneigung begegnet, wie ehmals – – Es zeigt sich eine gewaltige Abnahme von Freundlichkeit, sowol bey allen Bedienten, als bey dem Herzog und Eurer Tochter selbst.

Lear. Ha! sagst du das?

Ritter. Ich bitte um Vergebung, Mylord, wenn ich mich irre; aber meine Pflicht kan nicht schweigen, wenn ich denke, Eure Hoheit werde beleidiget.

Lear. Du erinnerst mich nur an meine eigne Beobachtungen. Ich habe seit kurzem eine höchst kaltsinnige Nachlässigkeit bemerkt, die ich aber mehr meiner eignen allzu eifersüchtigen Aufmerksamkeit, als einer Absicht Unfreundlichkeit gegen mich zu zeigen, beymaß. Ich will genauer Acht geben. Aber wo ist mein Narr? ich habe ihn diese zween Tage nicht gesehen.

Ritter. Seitdem meine junge Lady nach Frankreich abgegangen ist, ist er ganz niedergeschlagen.

Lear. Nichts mehr hievon; ich hab es wol bemerkt. Geht, und sagt meiner Tochter, ich möchte mit ihr reden. Und ihr geht, und ruft mir meinen Narren her – – ha – – Sir! kommt ihr hieher, Sir? wer bin ich, Sir?

Der Haushofmeister kömmt.

Hofmeister. Milady's Vater.

Lear. Milady's Vater? Mylords Schurke! ihr Hurensohn von einem Hund, ihr Sclave, ihr Kettenhund!

Hofmeister. Ich bin nichts dergleichen, Mylord, ich bitte mir's aus.

Lear. Darfst du solche Blike auf mich schiessen, du Galgenschwengel?

(Er giebt ihm eine Ohrfeige.)

Hofmeister. Ich will nicht geschlagen seyn, Mylord.

Kent. Und gestürzt auch nicht, du nichtswürdiger Ballspieler, du?

(Er unterschlägt ihm ein Bein.)

Lear. Ich danke dir, Camerad. Du dienst mir, und ich will dich lieben.

Kent. Kommt, Sir, steht auf, fort! Ich will euch einen Unterschied machen lehren. Fort, fort! wenn ihr euern grossen Wanst noch einmal messen wollt, so versucht es noch einmal; aber fort, pakt euch! Seyd ihr gescheidt? So – –

(Er schmeißt den Hofmeister hinaus.)

Lear. Ich danke dir, mein gutwilliger Bursche! es ist Ernst in deinem Dienst.

Dreyzehnter Auftritt

Der Narr kömmt zu ihnen.

Narr. Ich will ihn auch miethen – – Hier ist meine Kappe. – –

(Er giebt ihm seine Kappe.)

Lear. Wie, mein artiger Schurke! was thust du?

Narr. Ihr Esel, ihr thätet am besten, wenn ihr meine Kappe – – nähmet.

Kent. Warum, Junge?

Narr. Warum? Weil sich jemands anzunehmen, gefährlich ist; wenn du nicht lächeln kanst wie der Wind geht, so wirst du bald den Schnuppen kriegen. Hier, nimm meine Schellen-Kappe – – Wie, dieser Bursche hier hat zwo von seinen Töchtern verbannt, und der dritten einen Segen wider seinen Willen gegeben; wenn du ihm folgst, so must du nothwendig meine Kappe tragen. Wie gehts, Onkel? Ich wollt, ich hätte zwo Kappen und zwo Töchter.

Lear. Warum das, Junge?

Narr. Wenn ich ihnen alle meine Haab und Gut gebe, so will ich meine Kappe für mich selbst behalten. Hier ist meine, bettle du eine von deinen Töchtern.

Lear. Nimm dich in Acht, Schurke! Die Peitsche – –

Narr. Die Wahrheit ist ein Hund, sie muß in den Hundsstall; muß hinausgepeitscht werden, wenn der Lady ihre Brake beym Feuer sizen und stinken darf.

Lear. Das ist ein verdammter Stich!

Narr *zu Kent.*
Kerl, ich will dich reden lehren.

Lear. Thu es.

Narr. Gieb Acht, Nonkel!
Hab mehr dann du zeigst,
Sprich minder als du verschweigst,
Leyh minder als du hast,
Reit mehr als du gehst,
Lern mehr als du glaubst,
Seze minder als du wirfst,
Laß deinen Wein und dein Mensch,
Und bleib fein zu Hause,
So wirst du mehr haben als zwey
Zehner zu zwanzig.

Kent. Das ist nichts, Narr.

Narr. So ist es wie der Athem eines unbezahlten Advocaten; ihr gebet mir nichts davor; könnt ihr nichts zu nichts gebrauchen, Nonkel?

Lear. Wie? Nein, Junge; man kan nichts aus nichts machen.

Narr *zu Kent.*
Ich bitte dich, sag ihm, so hoch belauffen sich just die Einkünfte von seinen Ländern; er würd' es einem Narren nicht glauben.

Lear. Ein bittrer Narr!

Narr. Junge, weist du den Unterschied zwischen einem bittern Narren, und einem süssen?

Lear. Nein; sag ihn dann.

Narr. Der Lord, der dir rieth dein Land wegzugeben, komm, laß ihn hier zu mir hersizen, und du steh vor ihn hin; so wird man den bittern und den süßen Narren nicht lange suchen müssen; der ist persönlich hier, und der andere dort.

Lear. Nennst du mich einen Narren, Junge?

Narr. Alle deine andre Titel, mit denen du gebohren warst, hast du weggegeben.

Kent. Diß ist nicht so ganz und gar närrisch, Mylord.

Narr. Nein, mein Treu! Lords und grosse Herren wollen mir's nicht lassen; wenn ich ein Monopolium dafür hätte, so würden sie auch einen Antheil daran haben wollen; ja die Damen noch dazu, sie würden nicht leiden wollen, daß ich alles Närrische für mich allein hätte, sie würden mich bemausen. Gieb mir ein Ey, Nonkel, so will ich dir zwo Kronen geben.

Lear. Was für zwo Kronen sollen das seyn?

Narr. Was? Wenn ich das Ey mitten in zwey geschnitten, und was darinn ist, aufgegessen habe, so geb ich dir die zwo Kronen von den Schaalen. Wie du deine Krone mitten in zwey gespalten, und beyde Theile weggegeben hast, da trugst du deinen Esel auf dem Rüken durch den Koth; du hattest wenig Wiz in deiner kahlen Krone, wie du deine göldne weg gabst; wenn ich hierinn mir selbst gleich rede, so laß den peitschen, der es zuerst wahr findet.

(Der Narr singt ein Liedchen.)

Lear. Seit wenn seyd ihr so liederreich, Herr Bengel?

Narr. Schon lange vorher, eh du deine Töchter zu deinen Müttern machtest; denn wie du ihnen die Ruthe gabst, und deine eigne Hosen herunter liessest, da – –

(Er singt wieder ein Liedchen.)

Ich bitte dich, Nonkel, halt einen Schulmeister, der den Narren lügen lehre; ich habe eine rechte Lust lügen zu lernen.

Lear. Wenn du liegst, Schurke, so wirst du gepeitscht.

Narr. Mich wundert, von was für einer Art Geschöpfe du und deine Töchter sind; sie wollen mich peitschen lassen, wenn ich die Wahrheit sage; du willt mich peitschen lassen, wenn ich lüge; und zuweilen werd' ich gepeitscht, weil ich gar nichts sage; ich wollte lieber irgend etwas anders seyn als ein Narr; und doch wollte ich nicht Du seyn, Nonkel! Du hast deinen Wiz an beyden Enden abgeschnitten, und nichts in der Mitte gelassen. Hier kömmt eines von den Stüken.

Vierzehnter Auftritt

Die Vorigen. Gonerill.

Lear. Wie nun, Tochter? was will diß Stirnband hier? Ihr rumpft seit kurzem die Stirne ein wenig zu viel.

Narr. Du warest ein ganz hübscher Kerl, wie du nicht nöthig hattest, dich um ihre Falten zu bekümmern – – Nun bist du ein o ohne Zahl; ich bin besser als du izt bist; ich bin ein Narr, und du bist nichts. – – Doch, ja, mein Treu! ich will mein Maul halten – – *(zu Gonerill)* so befiehlt mir euer Gesicht, ob ihr gleich nichts sagt. *(Er singt wieder.)*

Zu Lear.

Du bist eine gescheelte Bohne.

Gonerill. Nicht allein, Sir, dieser euer zaumloser Narr, sondern auch andre von euerm übermüthigen Gefolge, fangen hier stündlich Zank und Händel an, und brechen in ganz ausgelassene und unerträgliche Unordnungen aus. Ich dachte, wenn euch dieses nur bekannt gemacht würde unfehlbare Hülfe zu finden; aber nun muß ich allerdings aus dem was ihr erst kürzlich gesagt und gethan habt besorgen, daß ihr diese Ausschweiffungen in euern Schuz nehmet, und sogar selbst aufmuntert; thut ihr's, so wird der Fehler dem Tadel nicht entgehen, noch wird es an Mitteln fehlen, Einhalt zu thun; die, obgleich zu euerm Besten abgesehen, doch die unangenehme Folge haben möchten, daß ihr, nicht ohne Schaam, von der Nothwendigkeit eine vorsichtigere Aufführung lernen müßtet.

Narr. Denn ihr wißt, Nonkel, der Sperling nährte den Kukuk so lang, bis seine Jungen ihm den Kopf abbissen; So löscht das Licht aus, und wir sizen im Finstern.

Lear. Seyd ihr unsre Tochter?

Gonerill. Ich wünschte, ihr möchtet einen Gebrauch von dem guten Verstand machen, womit ihr, wie ich weiß, so wol versehen seyd; und diese Dispositionen von euch thun, die euch seit kurzem zu etwas ganz anderm machen, als ihr ordentlicher Weise seyd.

Narr. Kan ein Esel nicht wissen, wenn der Karren das Pferd zieht? Schrey, Nachtigall, ich liebe dich.

Lear. Kennt mich hier jemand? Diß ist nicht Lear! Geht Lear so? spricht er so? wo sind seine Augen? Entweder ist sein Hirn geschwächt, sein Verstand in Todesschlaf versunken – – Ha! wach ich? – – Es ist nicht so! wer ist hier, der mir sagen kan, wer ich bin? Lear's Schatten? Ich möcht' es gern erfahren; denn nach den Kennzeichen der untrüglichen Vernunft zu schliessen, stand ich in einem falschen Wahn, da ich Töchter zu haben glaubte. Euer Name, schönes Frauenzimmer?

Gonerill. Diese Verwundrung, Sir, ist sehr im Geschmak eurer übrigen neuen Grillen. Ich bitte euch, meine Absichten recht zu verstehen. So wie ihr alt und ehrwürdig seyd, solltet ihr auch weise seyn. Ihr haltet hier hundert Ritter und Schildknappen, so ausgelassenes, verwegenes und schwelgerisches Volk, daß dieser unser Hof, von ihren Sitten angestekt, einer liederlichen Schenke gleich sieht; Epicurisches Wesen und Unzucht machen ihn mehr einem Weinhaus und Bordel, als einem fürstlichen Palast ähnlich. Die Schaam selbst spricht für ungesäumte Hülfe. Lasset euch von einer erbitten, die sonst das was sie bittet nehmen wird, euer Gefolge um fünfzig zu vermindern; und die übrig bleibenden solche Leute seyn zu lassen, die sich für eure Jahre schiken, und sich selbst und euch kennen.

Lear. Finsterniß und Teufels! Sattelt meine Pferde! Ruft meine Leute zusammen – – Ausgearteter Bastard! Ich will dich nicht beunruhigen. Ich habe noch eine Tochter übrig.

Gonerill. Ihr schlagt meine Leute; und euer zügelloses Gesindel will von Leuten bedient seyn, die besser als sie sind.

Fünfzehnter Auftritt

Zu ihnen, der Herzog von Albanien.

Lear. Weh dem, den zu spät die Reue trift! O Sir! seyd ihr gekommen? Ist es euer Wille, sprecht, Sir? laßt meine Pferde bereit halten – – Undankbarkeit! du marmorherziger Teufel; scheußlicher wenn du dich in einem Kind zeigst, als in einem Meer-Ungeheuer.

Albanien. Ich bitte, Sir, seyn Sie geduldig.

Lear *(zu Gonerill).*
Verdammter Habicht! Du lügst! Mein Gefolge sind ausgesuchte Leute, von den seltensten Gaben, die alles kennen, was die Pflicht von einem Ritter fordert, und die den Adel ihrer Namen in allen Stüken behaupten – – O sehr kleiner Fehler! Wie häßlich schienst du an Cordelia! da du, gleich einem Hebel, meine ganze Natur aus ihrer gewohnten Stellung hubst, und alle Liebe aus meinem Herzen zogst, und zu Galle machtest – – O Lear, Lear, Lear! Schlag an diese Thür,
(Er schlägt sich an den Kopf.)
die deine Thorheit ein- und deine Vernunft ausließ – Geht, geht, meine Leute.

Albanien. Mylord, ich bin so unschuldig, daß ich nicht einmal weiß, was euch in diesen Unwillen gesezt hat.

Lear. Es mag so seyn, Mylord – – – – Höre mich, Natur, theure Göttin, höre einen Vater! Hemme deinen Vorsaz, wenn er war, diß Geschöpf fruchtbar zu machen. Banne Unfruchtbarkeit in ihre Schooß, trokne die Werkzeuge der Vermehrung in ihr auf, und laß niemals aus diesem geschändeten Leib einen Säugling entspringen, der ihr Ehre mache. Muß sie aber gebähren, so erschaff ihr Kind aus Galle, und laß es leben, sie ohne Rast mit unnatürlicher Bosheit zu peinigen; laß es Runzeln in ihre junge Stirne graben, und mit glühenden Thränen Canäle in ihre Wangen äzen; laß es alle ihre Mutter-Schmerzen, mit Hohngelächter, alle ihre Wohlthaten mit Verachtung erwiedern; damit sie fühle, wie viel schärfer als einer Schlange Biß es ist, ein undankbares Kind zu haben! Geht, geht, meine Leute!

Albanien. Nun, ihr Götter, die wir anbeten, woher kommt diß!

Gonerill. Bekümmert euch nicht, es zu wissen, sondern laßt seinem Wahnwiz freyen Lauf – –

Lear. Was? Fünfzig von meinem Gefolge auf einen Streich! – – Innerhalb vierzehn Tagen! – –

Albanien. Was ist denn die Sache, Mylord?

Lear. Ich will dir's sagen – – Leben und Tod! – – *(zu Gonerill)* ich schäme mich, daß du Macht hast meine Mannheit also zu erschüttern! – – O! daß diese heissen Thränen, die mit Gewalt aus meinen Augen brechen, dich ihrer würdig machen könnten – – Stürme und Wetter über dich! daß nichts dich gegen die unheilbaren Wunden des Fluchs eines Vaters schüze! – – Ihr alten unmännlichen Augen, weint ihr schon wieder? Ich will euch ausreissen und wegwerffen, um mit dem Wasser das ihr verliehrt, Leim zu waschen. Ha! ist es dazu gekommen! So sey es dann: Ich habe eine andre Tochter, die, wie ich gewiß bin, zärtlich und hülfreich ist; wenn sie diß von dir hören wird, sie wird dein wolfisches Gesicht mit ihren Nägeln zerkrazen; du sollt finden, daß ich die Gestalt wieder annehmen werde, die ich, deiner Einbildung nach, auf ewig abgelegt habe.

(Lear und Gefolge gehen ab.)

Sechszehnter Auftritt

Gonerill. Hörtet ihr das?

Albanien. Die grosse Liebe die ich zu euch trage, kan mich nicht so partheyisch machen, Gonerill – –

Gonerill. Ich bitte euch, seyd ruhig – – Wie? Oswald; ho! Ihr, Sir, mehr Spizbube als Narr, folgt euerm Herrn.

Narr. Nonkel Lear, Nonkel Lear! warte, nimm den Narren mit dir. Ein Fuchs, wenn jemand einen gefangen hat, und eine solche Tochter sollten beyde erdrosselt werden, wenn ich für meine Kappe einen Strik kauffen könnte; und hiemit zieht der Narr ab.

(Geht ab.)

Gonerill. Dieser Mann hat gute Anschläge! – – Hundert Ritter? das wäre politisch, und sicher, ihn hundert Ritter halten zu lassen – – Wahrhaftig! damit er wegen eines jeden Traums, einer jeden Grille, jeder kleinen Beschwerung oder Unzufriedenheit wegen, seinen Aberwiz durch ihre Macht schüzen, und unser Leben in seiner Willkühr haben könnte – – Oswald, sag ich!

Albanien. Eure Furcht kan zu weit gehen – –

Gonerill. Es ist sicherer, als zuviel trauen. Laßt mich immer die Kränkungen die ich befürchte, aus dem Wege räumen, anstatt immer zu fürchten, daß ich gekränkt werde. Ich kenne sein Herz; ich habe meiner Schwester geschrieben, was für Reden er ausgestossen hat; wenn sie ihn mit seinen hundert Rittern unterhalten wird, nachdem ich ihr die Unschiklichkeit davon gezeigt haben werde. – –

Der Haushofmeister kömmt.

Wie steht es, Oswald? Habt ihr den Brief an meine Schwester geschrieben?

Hofmeister. Ja, Gnädige Frau.

Gonerill. Nehmet einige Leute mit euch, und ohne Verzug zu Pferde; berichtet sie umständlich von allen meinen Besorgnissen, und füget solche Gründe von euern eignen bey, die zu derselben Bestätigung dienen können. Eilet, und beschleuniget eure Rükkunft.

(Der Hofmeister geht ab.)

Nein, nein, Mylord, ob ich gleich diese milchigte Gelindigkeit eurer Gemüthsart nicht schelten will, so werdet ihr doch, mit Erlaubniß, mehr wegen Mangel an Klugheit getadelt, als wegen dieser harmlosen Mildigkeit gepriesen.

Albanien. Wie weit eure Augen ins Verborgne dringen mögen, kan ich nicht sagen; aber die Bestrebung nach etwas besserm, beraubt uns oft dessen was gut war.

Gonerill. Nun dann – –

Albanien. Wohl, wohl, der Ausgang – –

(Sie gehen ab.)

Siebenzehnter Auftritt

Ein Vorhof an des Herzogs von Albaniens Palast.

Lear, Kent, Ritter und Narr treten wieder auf.

Lear. Geht ihr voraus zu Gloster mit diesen Briefen. Sagt meiner Tochter von allem was ihr wißt, nichts weiter, als was sie euch aus dem Briefe fragen wird; wenn ihr nicht sehr eilfertig seyn werdet, so werde ich vor euch dort seyn.

Kent. Ich will nicht schlafen, Mylord, bis ich eure Briefe abgegeben habe.

(Geht ab.)

Narr. Wenn jemands Hirn in seinen Fußsolen wäre, wäre es nicht in Gefahr, Schwülen zu kriegen?

Lear. Freylich, Junge.

Narr. So bitt' ich dich, sey nur gutes Muths, dein Wiz wird die Schuhe nie zu Pantoffeln machen müssen.

Lear. Ha, ha, ha!

Narr. Wirst sehen, deine andre Tochter wird freundlich gegen dich seyn; denn, wenn sie schon dieser hier so ähnlich sieht als ein Holzapfel einem Apfel, so weiß ich doch wol, was ich weiß – –

Lear. Was weist du denn, Junge?

Narr. Sie wird dieser hier so ähnlich schmeken als ein Holzapfel einem Holzapfel. Kanst du sagen, warum einer seine Nase mitten im Gesichte stehen hat?

Lear. Nein.

Narr. Warum? Damit er auf jeder Seite seiner Nase ein Auge habe, um das was er nicht riechen kan, zu sehen.

Lear *(vor sich).*
Ich that ihr Unrecht – –

Narr. Kanst du sagen, wie eine Auster ihre Schaale macht?

Lear. Nein.

Narr. Ich auch nicht; aber ich kan sagen, warum eine Schneke ihr Haus trägt.

Lear. Warum?

Narr. Warum? ihren Kopf darein zu ziehen, und nicht es an ihre Töchter zu verschenken, und ihre Hörner ohne Futteral zu lassen.

Lear. Ich will meine Natur vergessen – – ein so gütiger Vater! Sind meine Pferde fertig?

Narr. Deine Esel sind gegangen, darnach zu sehen; die Ursache, warum das Sieben-Gestirn nicht mehr als sieben Sterne hat, ist eine artige Ursache.

Lear. Weil es nicht acht sind.

Narr. Das ist es, in der That – – du würdest einen feinen Narren abgeben.

Lear. Es mit Gewalt wieder zu nehmen! – – Ungeheuer von Undankbarkeit!

Narr. Nonkel, wenn ihr mein Narr wäret, so würd' ich dich geprügelt haben, weil du vor der Zeit alt worden bist.

Lear. Wie so?

Narr. Du hättest nicht alt werden sollen, bis du klug gewesen wärest.

Lear. O! laß mich nicht wahnwizig werden, nicht wahnwizig, gütiger Himmel! Erhalte mich gelassen, ich möchte nicht wahnwizig seyn.

Ein Ritter kömmt.

Sind die Pferde fertig?

Ritter. Ja, Mylord.

Lear. Komm, Junge.

(Sie gehen ab.)

Zweyter Aufzug

Erster Auftritt

Ein Schloß des Grafen von Gloster.

Edmund und Curan treten von verschiedenen Seiten auf.

Edmund. Glük zu, Curan!

Curan. Und euch, Sir. Ich bin bey euerm Vater gewesen, und habe ihm angesagt, daß der Herzog von Cornwall und Regan seine Gemahlin, heute bey ihm übernachten werden.

Edmund. Wie kömmt das?

Curan. Das weiß ich nicht; ihr habt ohne Zweifel gehört was Neues vorgeht – – ich meyne Neuigkeiten, die ins Ohr geflüstert werden; denn es sind noch Heimlichkeiten.

Edmund. Ich weiß nichts; ich bitte euch, was ist es?

Curan. Habt ihr nichts von einem vermuthlichen Krieg zwischen den Herzogen von Cornwall und Albanien gehört?

Edmund. Nicht ein Wort.

Curan. So könnt ihr euch beizeiten anschiken. Lebet wohl, Sir.

(Gehen ab.)

Zweyter Auftritt

Edmund. Der Herzog auf die Nacht hier! desto besser! ja das Beste! Das webt sich selbst mit Gewalt in mein Geschäfte ein. Mein Vater hat Wachen ausgestellt, sich meines Bruders zu bemächtigen; und ich habe nur noch eine Kleinigkeit zu verrichten – – Kürze und Glük! – – Bruder, ein Wort, kommt herunter; Bruder, sag ich – –

Edgar kömmt.

Mein Vater wacht – – O Sir, flieht diesen Ort. Es ist verrathen worden, wo ihr verborgen seyd; ihr habt izt den Vortheil der Nacht – – Habt ihr nichts wider den Herzog von Cornwall gesprochen? Er kömmt noch diese Nacht hieher, in gröster Eile, und Regan mit ihm; habt ihr nichts zum Besten seiner Parthey wider den Herzog von Albanien gesprochen? Besinnet euch!

Edgar. Ich kan euch versichern, kein Wort.

Edmund. Ich höre meinen Vater kommen. Verzeihet mir – – aus Verstellung muß ich meinen Degen gegen euch ziehen. – – Ziehet, stellet euch als ob ihr euch vertheidiget – – Nun ist es genug, weichet – – kommt meinem Vater zuvor – – *(laut)* Licht, he! holla! *(leise)* Flieht, Bruder – – *(laut)* Fakeln! *(leise)* lebet wohl!

(Edgar flieht.)

Ein wenig Blut würde die Meynung erweken, daß ich einen härtern Stand gehabt hätte, *(er verwundet sich am Arm.)* Ich habe Trunkenbolde gesehen, die nur zum Scherz mehr gethan haben als diß; *(laut)* Vater, Vater! Haltet ihn! Haltet ihn! Will mir niemand helfen?

Dritter Auftritt

Gloster und Bediente mit Fakeln.

Gloster. Nun, Edmund, wo ist der Bösewicht?

Edmund. Hier stund er im Finstern, sein blosses Schwerdt in der Hand, und murmelte verfluchte Zauberwörter um den Mond zu beschwören, seinem Vorhaben günstig zu seyn – –

Gloster. Aber wo ist er dann?

Edmund. Sehen Sie, Mylord, ich blute.

Gloster. Wo ist der Bösewicht, Edmund?

Edmund. Dahinaus floh' er, Mylord, wie er sahe daß es unmöglich war – –

Gloster. Verfolgt ihn, fort, sezt ihm nach! – – daß es unmöglich war – – Was?

Edmund. Mich zu bereden, Euer Gnaden zu ermorden; sondern ich ihm entgegen hielt, daß die rächenden Götter alle ihre Donnerkeile auf Vatermörder schiessen, und mit wie vielen und grossen Pflichten ein Sohn seinem Vater verbunden sey – – Kurz, Mylord, da er sah' wie sehr ich seinem unnatürlichen Vorhaben entgegenstund, fiel er mich in gröster Wuth an, da ich mich nichts weniger versah', und verwundete mich am Arm; wie er aber merkte, daß meine billig aufgebrachte Lebensgeister, kühn auf die Gerechtigkeit meiner Sache, sich seinem Angriff entgegensezten, oder vielleicht weil ihn der Lerm den ich machte, erschrekte, floh' er plözlich davon.

Gloster. Laßt ihn fliehen: in diesem Land kan er nicht bleiben, ohne gefangen zu werden, und nicht gefangen werden, ohne seinen Lohn zu bekommen. Der Herzog, mein Herr, mein würdiger Gebieter und Gönner, kommt diese Nacht; unter seinem Namen, will ich ausruffen lassen, daß derjenige, der ihn findet, und den meuchelmördrischen Buben zu seiner Straffe einliefert, unsern Dank, und wer ihn verbirgt, den Tod zum Lohn haben soll.

Edmund. Als ich ihn von seinem Vorhaben abmahnte, und ihn so entschlossen fand, es zu vollbringen, drohte ich ihm zulezt mit heftigen Ausdrüken ihn zu verrathen – – Du unverständiger Bastard, antwortete er mir, meynst du wenn ich gegen dir stünde, irgend eine Meynung, die man von deiner Treue, Tugend oder Rechtschaffenheit gefaßt haben kan, würde deinen Worten Glauben verschaffen, wenn ich läugne, wie ich thun werde, und wenn du auch meine eigne Handschrift aufweisen würdest! Ich wollte machen, daß alles deinem Antrieb, deinen geheimen Absichten und verdammten Ränken beygemessen würde; und du müßtest einen Dummkopf aus der Welt machen, wenn sie nicht denken sollte, die Vortheile die du von meinem Tode hättest, seyen stark genug dich anzuspornen, ihn zu suchen.

Gloster. O! unerhörter verhärtetet Bösewicht! – – Er wollte seinen Brief ableugnen? – – Nein, ich hab ihn nicht gezeugt. – – Höre, des Herzogs Trompeten! Ich weiß nicht warum er kömmt – – Alle Häven will ich sperren – – Der Lasterbube soll nicht entrinnen – – Das muß mir der Herzog bewilligen; auch will ich sein Bildniß allenthalben umherschiken, damit das ganze Königreich die nöthige Kenntniß von ihm habe; und von allen meinen Ländereyen, will ich dich, mein getreuer und natürlicher Sohn, erbfähig zu machen wissen.

Vierter Auftritt

Cornwall, Regan und Gefolge.

Cornwall. Wie geht's, mein edler Freund? Seit ich hier angelangt bin, welches doch nur eben izt ist, hab ich seltsame Neuigkeiten gehört.

Regan. Wenn sie wahr sind, so fällt alle Rache zu kurz, die den Uebelthäter verfolgen kan; wie befindet ihr euch, Mylord?

Gloster. O, Madam, mein altes Herz ist gebrochen, in Stüken zerschlagen!

Regan. Wie? Meines Vaters Taufpathe; der, dem mein Vater den Namen gab, euer Edgar?

Gloster. O Lady, Lady, die Schaam möchte es verbergen können!

Regan. War er etwann ein Gespiel von den lüderlichen Rittern, die meinen Vater bedienen?

Gloster. Ich weiß es nicht, Gnädige Frau; es ist zu arg, zu arg!

Edmund. Ja, Gnädige Frau, er war von dieser Cameradschaft.

Regan. Kein Wunder also, wenn er so schlimme Dinge vornahm; sie sind es, die ihn zur Ermordung des alten Mannes aufgemuntert haben, um seine Einkünfte mit ihm verprassen zu können. Ich habe eben diesen Abend von meiner Schwester genaue Nachrichten von ihnen erhalten, und mit solchen Umständen, daß wenn sie kommen, sich in meinem Haus aufzuhalten, ich nicht daheim seyn werde.

Cornwall. Noch ich, das versichre ich dich, Regan. Ich höre, Edmund, daß ihr euerm Vater eine grosse Probe von kindlicher Liebe gegeben habt.

Edmund. Es war meine Pflicht, Mylord.

Gloster. Er entdekte seine boshaften Anschläge, und bekam diesen Stoß von ihm, wie ihr sehet, da er sich bemühete ihn abzuhalten.

Cornwall. Wird er verfolgt?

Gloster. Ja, mein gütiger Lord.

Cornwall. Wenn er ertappt wird, so soll jedermann seinetwegen ausser Furcht gesezt werden: Bedient euch hierinn aller meiner Gewalt nach euerm eignen

Gefallen. Was euch betrift, Edmund, dessen Tugend und kindliche Treue sich in dieser Probe selbst empfiehlt, Ihr sollt der Unsrige seyn; Gemüther von so vollkommner Zuverlässigkeit haben wir am meisten nöthig; wir bemächtigen uns hiemit Eurer Dienste.

Edmund. Aufs wenigste, werde ich Euer Gnaden getreulich dienen.

Gloster. Ich danke Euer Gnaden.

Cornwall. Ihr wißt nicht, warum wir euch diesen Besuch machen – –

Regan. Bey so ungewohnter Zeit, und in der finstersten Nacht; – – Umstände, edler Gloster, von einigem Gewicht, worinn wir euers Raths bedürfen, veranlasen uns. Unser Vater, unsre Schwester, haben beyde über Zwistigkeiten geschrieben, die ich am füglichsten aus euerm Hause beantworten zu können glaubte; die verschiedenen Boten erwarten von hier, abgefertiget zu werden. Ihr, unser guter alter Freund, helfet zu unsrer Beruhigung, und ertheilet euern nöthigen Rath zu unsern Angelegenheiten, welche augenblikliche Besorgung erfodern.

Gloster. Ich bin zu Dero Diensten, Madame; Euer Gnaden sind höchlich willkommen.

(Sie gehen ab.)

Fünfter Auftritt

Kent und der Haushofmeister der Lady Gonerill treten von verschiedenen Seiten auf.

Hofmeister. Einen guten Abend, Freund; bist du hier vom Hause?

Kent. Ja.

Hofmeister. Wo können wir unsre Pferde abstellen?

Kent. Im Koth.

Hofmeister. Sey so gut und sag mir's, wenn du mich liebst.

Kent. Ich liebe dich nicht.

Hofmeister. So frag ich auch nichts nach dir.

Kent. Wenn ich dich kreuzweise gebunden in Lipsbury hätte, ich wollte dich lehren nach mir zu fragen.

Hofmeister. Warum begegnest du mir so, der ich dich nicht einmal kenne?

Kent. Ich kenne dich, Bursche.

Hofmeister. Wofür kennst du mich dann?

Kent. Für einen Schlingel, einen Schurken, einen Tellerleker, einen niederträchtigen, hochmüthigen, holen, bettlermässigen, drey-rokichten, schmuzigen, lumpichten Schurken, einen weißleberichten, maußköpfigen Schurken, einen Huren-Sohn von einem glasaugichten, überdienstfertigen, abgefeimten Galgenschwengel; einen, der eine Kupplerin seyn würde, um jemanden einen Dienst zu thun, und der nichts anders ist als eine Composition von einem Spizbuben, einem Bettler, einer Memme und einem Hurenwirth, und der Sohn und Erbe einer Bastard-Hündin; einen den ich prügeln will, bis du wie ein kleiner Junge weinst, wofern du nur eine einzige Sylbe von diesem deinem Titel läugnest.

Hofmeister. Wie? was für ein ungeheurer Kerl bist du, einen Menschen so zu schimpfen, den du nicht kennst, und der dich nicht kennt?

Kent. Und was für ein ausgeschämter Raker bist du, zu läugnen, daß du mich kennst? Ist es schon zwey Tage, seitdem ich dir ein Bein unterschlug, und dich vor dem König prügelte? Zieht vom Leder, ihr Schurke; wenn es schon Nacht ist, so scheint doch der Mond; ich will machen, daß er durch euch hindurch scheinen soll; ihr Hurensohn von einem rakermässigen Bartkrazer, zieht.

Hofmeister. Fort, ich habe nichts mit dir zu thun.

Kent. Zieht, ihr Halunke! Ihr kommt mit Briefen wider den König, und nehmt des Püppchens *Vanitas* Parthey wider die Majestät ihres Vaters; zieht, ihr Lumpenhund, oder ich will eure Beine dermassen rösten – – zieht, sage ich, hieher, Schurke – –

Hofmeister. Hülfe! ho! Mörder! Mörder! Hülfe!

Kent. Wehr dich, du Sclave! Steh, Galgenschwengel, steh, du mausköpfichter Sclave, wehre dich.

(Er prügelt ihn.)

Hofmeister. Hülfe, ho! Mörder! Mörder! – –

Sechster Auftritt

Edmund, Cornwall, Regan, Gloster und Bediente.

Edmund. Was giebts hier? Was habt ihr mit einander? – – Hinweg – –

Kent. Mit euch, Herr Bube, wenn es euch beliebt; kommt, ich will euch trillen; hieher, junger Herr!

Gloster. Waffen? Schwerdter? Was sind das für Händel hier?

Cornwall. Haltet Frieden, so lieb euch euer Leben ist; der ist des Todes, der noch einmal schlägt; was ist die Sache?

Regan. Es sind die Abgeschikten von unsrer Schwester, und vom König.

Cornwall. Was ist euer Zwist? redet.

Hofmeister. Ich kan kaum Athem holen, Mylord.

Kent. Kein Wunder, da ihr eure Dapferkeit so angespornt habt; ihr hasenfüssiger Schurke! Die Natur sagt sich von allem Antheil an dir los; ein Schneider machte dich.

Cornwall. Du bist ein seltsamer Bursche – – ein Schneider einen Menschen machen!

Kent. Ich, Mylord, ein Schneider, ein Steinmez, oder ein Mahler, könnten ihn nicht so schlecht gemacht haben, wenn er auch nur zwo Stunden in der Arbeit gewesen wäre.

Cornwall. Aber sagt, worüber euer Zank entstanden?

Hofmeister. Der alte Jauner, Mylord, dessen Leben ich aus Achtung für seinen grauen Bart gesparet habe, – –

Kent. Du Hurensohn von einem Zet; du unnöthiger Buchstabe! Mylord, wenn ihr mir Erlaubniß geben wollt, so will ich diesen ungereiterten Galgenschwengel in einem Mörsel stossen, und die Mauer eines Secrets mit ihm anstreichen. Meinen grauen Bart sparen – – du Bachstelze!

Cornwall. Halt ein, Flegel! du viehischer Schurke – – kennst du keine Ehrfurcht?

Kent. Ja, Sir, aber Zorn hat ein Privilegium.

Cornwall. Warum bist du zornig?

Kent. Daß solch ein Sclave wie dieser, ein Schwerdt tragen soll, der keinen ehrlichen Blutstropfen im Leib hat; solche lächelnde Schurken wie dieser, beissen oft, gleich den Razen, die heiligen Knoten entzwey, die zu verflochten sind um aufgelöst zu werden; schmeicheln jeder Leidenschaft die ihre Herren dahinreißt, schütten Oel in die Flamme, und Eis in ihren Kaltsinn; verneinen, bejahen, und drehen ihren Eisvogels-Schnabel nach jedem veränderlichen Lüftchen ihrer Gebieter; als Leute, die gleich den Hunden nichts wissen, als andern nachzulauffen. Daß die Pest ein solch epileptisches Gesicht! – – Ihr lächelt zu meinen Reden als ob ich ein Narr sey! Ihr Gänse, hätte ich euch auf der Ebne von Salisbury, ich wollte euch schnatternd bis heim nach Camelot treiben.

Cornwall. Bist du aberwizig, alter Bursche?

Gloster. Wie kamet ihr aus? Sagt uns das.

Kent. Es ist keine solche Antipathie in der Natur, als die meinige gegen einen solchen Schlingel.

Cornwall. Warum nennst du ihn einen Schlingel? was ist sein Vergehen?

Kent. Ich kan seine Figur nicht leiden.

Cornwall. Vielleicht die meinige, oder dieser oder dessen hier nicht besser.

Kent. Herr, meine Art ist aufrichtig zu seyn: Ich habe zu meiner Zeit bessere Gesichter gesehen, als auf irgend einer Schulter stehen, die ich diesen Augenblik vor mir habe.

Cornwall. Diß ist einer von den Burschen, die, wenn sie etwann einmal wegen einer Brüskerie gelobt worden, eine verdrießliche Grobheit affectieren, und sich von allen Gesezen des eingeführten Wohlstands los machen – – „Er kan nicht schmeicheln, er – – ein ehrlicher Mann muß aufrichtig seyn, er muß die Wahrheit reden; wollen sie sich's gefallen lassen, gut; wo nicht, so ist er aufrichtig." Diese Art von Spizbuben kenn ich, die unter dieser Aufrichtigkeit oft mehr Arglist und schlimmere Absichten verbergen, als zwanzig solcher seidenen untertauchenden Hofschranzen, die so subtil in Ausdehnung ihrer Pflichten sind.

Kent. Mylord, in vollem Ernst, und nach der lautersten Wahrheit, unter der Nachsicht euers grossen Aspects, dessen Einfluß, gleich der Crone von stralendem Feuer auf der wallenden Stirne des Phöbus – –

Cornwall. Was willt du mit diesem Galimathias?

Kent. Eine Sprache fahren lassen, die ihr so übel empfehlet: Ich weiß, Mylord, daß ich kein Schmeichler bin; der, der euch in einer ganz platten Sprache betrogen hat, ist ein platter Spizbube, welches ich nicht seyn will, wenn ich mir gleich dadurch euern Unwillen zuziehen sollte.

Cornwall *(zum Hofmeister).*
Was habt ihr ihm denn zu Leide gethan?

Hofmeister. Nicht das mindeste, Mylord. Es gefiel dem König seinem Herrn, unlängst mich wegen eines Mißverstands zu schlagen; sogleich nahm er sich der Sache an, um dem Unwillen seines Herrn zu schmeicheln, unterschlug mir ein Bein, verspottete und beschimpfte mich, da ich zu Boden lag, und wurde von dem König gelobt, daß er einen Mann anfiel, der aus Respect sich nicht zu wehren begehrte; und von dieser dapfern That aufgemuntert, zog er hier wieder gegen mich.

Kent. Es ist keiner von diesen Schlingeln und Memmen, der nicht den Ajax zu seinem Muster mache.

Cornwall. Schafft Fuß-Stöke herbey. Du starrköpfiger alter Schurke, du ehrwürdiger Großsprecher, wir wollen dich lehren – –

Kent. Herr, ich bin zu alt zum lernen; fodert eure Fuß-Stöke nicht für mich; ich diene dem König; ihr würdet wenig Ehrerbietung und eine zu verwegne Bosheit gegen die höchste Person meines Herrn verrathen, wenn ihr seinen Abgeordneten in den Stok legen würdet.

Cornwall. Fuß-Stöke herbey! So wahr ich Leben und Ehre habe, er soll darinn sizen bis Mittag.

Regan. Bis Mittag! Bis Nacht, Mylord, und alle übrige Nächte dazu.

Kent. Wie, Madame, wenn ich euers Vaters Hund wäre, ihr könntet mir nicht so begegnen!

Regan. Sir, weil ihr meines Vaters Spizbube seyd, so will ich.

Cornwall. Das ist ein Bursche von eben der Gattung, wovon unsre Schwester spricht. Kommt, bringt die Fuß-Stöke.

Gloster. Euer Gnaden lassen sich erbitten, es nicht zu thun. Sein Vergehen ist groß, und der gute König, sein Herr, wird ihn deswegen bestraffen; die Straffe, die ihr vorhabet, ist von einer Art, daß nur die schlechteste und niedrigste Art von Elenden, wegen Mausereyen und dergleichen pöbelhaften Unfugen, damit bestraft werden. Der König muß es übel nehmen, daß er in seinem Abgeschikten so schlecht geachtet würde – –

Cornwall. Ich will das verantworten.

Regan. Meine Schwester kan es noch weit übler nehmen, daß ihr Edelmann wegen Ausrichtung ihrer Befehle so mißhandelt werden soll – – Legt seine Beine hinein.

(Kent wird in den Stok gelegt.)

Kommt, Mylord, wir wollen gehen.

(Regan und Cornwall gehen ab.)

Siebender Auftritt

Gloster. Ich bin deinetwegen bekümmert, guter Freund; aber es ist des Herzogs Wille so, der, wie alle Welt weiß, sich keinen Einhalt thun läßt. Ich will für dich bitten.

Kent. Ich bitte euch, thut es nicht, Sir. Ich habe lange gewacht und gewandert; einen Theil der Zeit kan ich ausschlaffen, und den übrigen will ich verpfeiffen. Eines ehrlichen Manns Glük kan endlich müde Füsse kriegen. Ich wünsche euch einen guten Morgen.

Gloster. Der Herzog ist hierinn zu tadeln; es wird übel aufgenommen werden.

(Geht ab.)

Kent. Du guter König must izt das alte Sprüchwort erfahren: Du kommst aus des Himmels Segen in die warme Sonne. Komm näher, du Signal-Feuer für diese Unterwelt, damit ich bey deinen hülfreichen Stralen diesen Brief durchlesen könne: *(indem er den Mond ansieht)* Niemand sieht mehr Wunder als der Elende – – Ich kenne ihn, er ist von Cordelia, die höchstglüklicher Weise von meinem verdunkelten Lauf benachrichtiget worden. Ich werde in diesem ungebührlichen Zustand Zeit finden, darauf zu denken, wie unser Verlust ersezt werden könne; ihr müden und ausgemachten Augen, bedient euch des Vortheils, diese schändliche Wohnung nicht zu sehen. Gute Nacht, Glük; lächle noch einmal, dann dreh' dein Rad.

(Er entschläft.)

(Die Scene verwandelt sich in einen Wald.)

Edgar tritt auf.

Edgar. Ich habe mich selbst ausruffen gehört, und bin, Dank sey einer glüklichen Höle in einem Baum, der Jagd entgangen. Kein Seehaven ist frey, kein Ort, wo nicht Wachen und ungewöhnliche Aufmerksamkeit auf meine Ertappung warten. Da ich nicht entrinnen kan, will ich mir auf eine andre Art helfen, und bin entschlossen, die niedrigste und armseligste Gestalt anzunehmen, die nur immer die Dürftigkeit ersinnen kan, den verachteten Menschen näher zum Vieh herab zu sezen. Mein Gesicht will ich mit Schmuz entstellen, meine Lenden mit Binden umwikeln, mein Haar in Knoten schlingen, und mit dargebotner Naktheit, den Winden und den Verfolgungen des Wetters Troz bieten. Die Dörfer zeigen mir ein Muster an den Tollhaus-Bettlern, die mit heulenden Stimmen, in ihre gefühllose, abgestorbene, nakte Arme, Nädeln, hölzerne Pfriemen, Nägel und Rosmarin-Zweige schlagen, und in diesem entsezlichen Aufzug, vor kleinen Pacht-Höfen, armen Bauerhütten, Schaaf-Hürden und Mühlen, bald durch mondsüchtige Flüche, bald durch Gebete, der Mildthätigkeit der Leute Gewalt anthun. Armer Turlupin! Armer Tom! Das ist izt etwas – – als Edgar bin ich nichts.

Neunter Auftritt

Die Scene verwandelt sich wieder in des Grafen von Gloster Schloß.

Lear, Narr, und ein Ritter.

Lear. Das ist wunderlich, daß sie von Hause abreisen, ohne mir meinen Boten zurük zu schiken.

Ritter. So viel ich erfahren habe, war die Nacht vorher noch kein Gedanke an diese Entfernung.

Kent. Heil dir, mein edler Meister!

Lear. Ha! machst du deine Schmach zu deinem Zeitvertreib?

Kent. Nein, Mylord.

Narr. Ha, ha! er trägt verzweifelte Kniebänder; Pferde werden am Kopf gebunden, Hunde und Bären am Hals, Affen um die Lenden, und Menschen an den Beinen; wenn ein Mann gar zu lustig auf den Beinen ist, so trägt er hölzerne Unterstöke.

Lear. Wer ist der, der deinen Plaz so sehr mißkennt, dich hieher zu sezen?

Kent. Es ist Er und Sie, euer Sohn und eure Tochter.

Lear. Nein.

Kent. Ja.

Lear. Nein, sag ich.

Kent. Ich sage, Ja.

Lear. Beym Jupiter, schwör ich, Nein!

Kent. Bey Juno, schwör ich, Ja.

Lear. Das hätten sie sich nicht unterstanden; sie konnten, sie wollten es nicht thun; das ist ärger als Mord, die Ehrerbietung gegen mich so gewaltthätig zu verlezen. Sage mir, so schnell als möglich, wodurch du eine solche Begegnung verdienen, oder was sie dazu bringen konnte, dich so mißzuhandeln, da du von uns kamest?

Kent. Mylord, als ich Ihnen in Ihrem Hause, Eurer Hoheit Briefe überreichte, kam, eh ich noch vom Boden, wo mich die Ehrfurcht knien hieß, aufgestanden war, ein rauchender Postillion an, der ganz beschwizt und halb athemlos einen Gruß von Gonerill seiner Gebieterin keuchte, und Briefe übergab, die sogleich, ohne auf die meinige Acht zu haben, überlesen wurden; dem Inhalt derselben zufolge, liessen sie sogleich ihre Leute aufbieten, die Pferde fertig halten, befahlen mir ihnen zu folgen und zu warten, bis es ihnen gelegen sey mir zu antworten, und gaben mir kalte Blike. Da ich nun hier den andern Boten antraf, dessen Willkomm (wie ich merkte) den meinigen vergiftet hatte, und sah', daß es eben der Gesell war, der sich lezthin so unartig gegen Eu. Hoheit aufführte, so zog ich, weil ich mehr Mannheit als Wiz bey mir hatte, den Degen gegen ihn; er brachte mit seinem zaghaften Geschrey das Haus in Bewegung, und euer Sohn und eure Tochter fanden dieses Vergehen der Schmach würdig, die ich hier erdulde.

Lear. O! wie schwillt diese Mutter zu meinem Herzen auf! Herunter *hysterica passio!* Du klimmender Kummer, dein Element ist unten; wo ist diese Tochter?

Kent. Bey dem Grafen, Mylord, hier drinnen.

Lear. Folget mir nicht – – bleibt hier zurük – –

(Er geht ab.)

Ritter. Verbrachet ihr sonst nichts, als was ihr da gesagt habet?

Kent. Nichts. Wie kömmts, daß der König in so kleiner Anzahl anlangt?

Narr. Wenn du um dieser Frage willen in den Stok gesezt worden wärest, so hättest du es wol verdient.

Kent. Warum, Narr?

Narr. Man muß dich zu einer Ameise in die Schule thun, zu lernen, daß man im Winter nicht arbeitet. Alle die ihrer Nase folgen, werden von ihren Augen geleitet, die Blinden ausgenommen; und unter zwanzig Nasen ist nicht eine die den nicht röche, der stinkt. Wenn ein grosses Rad einen Hügel herunter lauft, so laß es unaufgehalten, oder es bricht dir den Hals, wenn du ihm nachlaufst; wenn es aber aufwärts geht, so laß dich von ihm nachziehen. Wenn ein weiser Mann dir einen bessern Rath giebt, so gieb mir meinen wieder zurük; ich möchte nicht, daß ihm jemand andrer folgte als ein Spizbube, da ihn ein Narr giebt.

Zehnter Auftritt

Lear und Gloster treten auf.

Lear. Sie wollen nicht mit mir reden? sie sind unpäßlich, sie sind müde, sie haben die ganze Nacht durch gereißt? Blosse Ausflüchte! Anzeigen von Empörung und Abtrünnigkeit. Bring mir eine bessre Antwort – –

Gloster. Mein theurer Lord, Ihr kennet die feurige Gemüthsart des Herzogs! Wie unbeweglich und fest er in seinen Entschliessungen ist – –

Lear. Rache! Pest! Tod! Verderben! feurig? was feurige Gemüthsart? Wie? Gloster, ich will mit dem Herzog von Cornwall und seinem Weibe reden.

Gloster. Gut, Mylord, so habe ich sie berichtet.

Lear. Sie berichtet? Verstehst du mich, Mann?

Gloster. Ja, mein Gnädiger Lord.

Lear. Der König will mit Cornwallen reden, der Vater will mit seiner Tochter reden; befiehlt ihr, ihm aufzuwarten – – Sind sie dessen berichtet? – – Mein Athem! Mein Blut! – – Feurig? der feurige Herzog? Sagt dem heissen Herzog, ich – – Nein! izt noch nicht; es mag seyn, daß er nicht wohl ist. Krankheit verabsäumt immer alle Pflichten, an die unsre Gesundheit gebunden ist; wir sind nicht wir selbst, wenn die unterligende Natur der Seele mit dem Leib zu leiden befiehlt. Ich will Geduld haben; ich war zu hastig, die Laune eines Kranken dem Gesunden zur Last zu legen. – – Verwünscht sey mein Zustand! – – Aber wofür sollte er hier sizen? Diese Handlung überführt mich, daß ihre Entfernung von Hause nur ein Kunstgriff ist. Gebt mir meinen Diener los – – Geht, sagt dem Herzog und seinem Weib, ich wolle mit ihnen sprechen, izt gleich; sagt ihnen, sie sollen kommen und mich anhören, oder ich will vor ihrer Kammerthüre die Trommel schlagen lassen, bis sie schreyt, schlaft zu Tod.

Gloster. Ich wollte, es wäre alles gut zwischen euch.

(Geht ab.)

Lear. O! mein Herz, mein schwellendes Herz! herunter!

Narr. Schrey ihm zu, Nonkel, wie das Küchen-Mädchen den Aelen, die sie lebendig in die Pastete gethan hatte; sie schlug sie mit einem Steken ernstlich auf die Nasen und schrie, zu Boden mit euch, ihr Muthwilligen, zu Boden! Es war ihr Bruder, der aus lauter Gütigkeit gegen sein Pferd Butter an sein Heu that.

Eilfter Auftritt

Cornwall, Regan, Gloster und Bediente, zu den vorigen.

Lear. Ich wünsche euch beyden einen guten Morgen.

Cornwall. Euer Gnaden sind willkommen.

(Kent wird losgemacht.)

Regan. Ich bin erfreut Eu. Hoheit zu sehen.

Lear. Regan, ich denke, ihr seyd es, ich weiß die Ursachen warum ich es denke; wenn du nicht erfreut wärest, ich wollte mich im Grab von deiner Mutter als einer Ehebrecherin scheiden.
Zu Kent.
O! seid ihr frey? Ein andermal hievon. Geliebte Regan, deine Schwester ist nichts: O Regan, sie hat ihre Undankbarkeit gleich einem Geyer hier *(er zeigt auf sein Herz)* angefesselt, an meinem Herzen zu nagen. Ich kan kaum mit dir reden; du kanst nicht glauben, mit was für einer ausgearteten Bosheit – – o Regan! – –

Regan. Ich bitte euch, Mylord, habet Geduld; ich hoffe, ihr wisset weniger ihren Werth zu schäzen, als sie ihre Pflicht zu vergessen.

Lear. Sagst du? Wie ist das?

Regan. Ich kan nicht denken, meine Schwester sollte nur im mindesten ihre Schuldigkeit beyseite sezen. Wenn sie vielleicht die Ausschweiffungen eurer Begleiter eingeschränkt hat, so geschah es aus solch einem Grund, und zu einem so heilsamen Zwek, daß sie gegen allem Tadel gesichert ist.

Lear. Meine Flüche über sie! – –

Regan. O Sir, ihr seyd alt, die Natur steht bey euch auf der äussersten Grenze ihres Gebiets. Ihr solltet euch durch einen Verstand leiten lassen, der besser zu unterscheiden wüßte was euch anständig ist, als ihr selbst; ich bitte euch also,

Mylord, kehret zu meiner Schwester zurük, sagt, ihr habet ihr Unrecht gethan – –

Lear. Sie um Verzeihung zu bitten? Merkt ihr auch, wie wol sich das schiken wird? Liebste Tochter, ich bekenne daß ich alt bin, Alter ist unvermöglich, ich bitte dich auf meinen Knien, daß du mir Kleider, Unterhalt und Bette zukommen lassen wollest.

Regan. O Sir, nichts weiter; das sind Launen, die nicht auszustehen sind; kehret ihr zu meiner Schwester zurük.

Lear. Nimmermehr, Regan. Sie hat mich um die Helfte meines Gefolgs geschwächt, mich mit schwarzen Bliken angesehen, mich mit ihrer Zunge, recht wie eine Natter, ins Herz gestochen. Alle aufgehäuften Raachen des Himmels fallen auf ihren undankbaren Kopf. Schlaget, ihr anstekenden Lüfte, ihre jungen Beine mit Lahmheit – –

Cornwall. Pfui, Sir, Pfui!

Lear. Ihr durchdringenden Blize, schiesset eure blendenden Flammen in ihre hochmüthigen Augen! Steket ihre Schönheit an ihr aus Sümpfen gesaugte Nebel, von der mächtigen Sonn emporgezogen zu fallen, und ihren Stolz zu versengen.

Regan. O! ihr gütigen Götter! – – So werdet ihr mir wünschen, wenn der rasche Humor regiert.

Lear. Nein, Regan, du sollt niemals meinen Fluch haben; deine zärtliche Natur wird dich nicht in Härtigkeit ausarten lassen; ihre Augen sind scharf; die deinen erquiken und brennen nicht. Du bist nicht fähig mir mein Vergnügen zu mißgönnen, mein Gefolg zu vermindern, ein hastiges Wort übel auszulegen, mir an meinem Unterhalt abzubrechen, und den Riegel gegen meine Ankunft zu stossen. Du kennst die Pflichten der Natur besser, das Band der Kindschaft, die Geseze der Höflichkeit, und die Forderungen der Dankbarkeit. Du hast noch nicht vergessen, daß ich dir die Helfte meines Königreichs geschenkt habe.

Regan. Guter Sir, zur Hauptsache – –

(Man hört Trompeten.)

Lear. Wer legte meinen Mann in den Stok?

Der Haushofmeister kommt.

Cornwall. Was für Trompeten sind das?

Regan. Meiner Schwester, ohne Zweifel; ihr Brief sagt, daß sie bald hier seyn wolle. Ist eure Lady gekommen?

Lear. Diß ist ein Sclave, dessen leicht-geborgter Hochmuth in der wankelmüthigen Gnade seiner Gebieterin wohnt. Fort, Schurke, aus meinem Gesicht!

Cornwall. Was meynten Euer Gnaden hiemit?

Zwölfter Auftritt

Gonerill tritt auf.

Lear. Wer legte meinen Diener in den Stok? Regan, ich habe gute Hoffnung, du wußtest nichts davon – – Wer kömmt hier? O ihr Himmel! wenn ihr alte Leute liebet, wenn eure sanfte väterliche Regierung den Gehorsam heiliget, wenn ihr selbst alt seyd, so macht meine Sache zur eurigen, sendet herab und nehmet meine Partey! Schämt euch nicht, auf diesen eisgrauen Bart zu sehen – –
O Regan, du nimmst sie bey der Hand?

Gonerill. Und warum nicht bey der Hand, Sir? Was hab ich gesündiget? Nicht alles ist Verbrechen, was Unbesonnenheit tadelt, und Aberwiz so benennt.

Lear. O! meine Seiten! ihr seyd zu hart! Könnt ihr noch halten? – – Wie kam mein Mann in den Stok?

Cornwall. Ich ließ ihn hineinsezen, Sir; aber seine unordentliche Aufführung verdiente eine noch geringere Beförderung.

Lear. Ihr? Ihr thatet es?

Regan. Ich bitte euch, Vater, erkennet doch eure Schwäche – – Wenn ihr bis zum Verfluß ihres Monats mit meiner Schwester wieder umkehren, und mit Abdankung der Helfte euers Gefolges, bey ihr wohnen wollet, so kommet dann zu mir. Izt bin ich nicht zu Hause, und nicht mit so vielem versehen, als zu eurer Unterhaltung nöthig ist.

Lear. Zu ihr zurük kehren, und fünfzig Mann abdanken? Nein, eher will ich allen Aufenthalt unter einem Dach abschwören, lieber gegen die Anfälle der Luft kämpfen, und ein Geselle des Wolfs und der Eule seyn; so grausam auch ein solcher Zustand ist – – Mit ihr zurük kehren? Eben so leicht könnte ich dazu gebracht werden, vor den Thron des feurigen Franzosen, der unsre Jüngste ohne Erbgut nahm, niederzuknien, und wie ein armer Schildknappe um eine Ritterzehrung zu betteln – – Mit ihr zurük kehren? Ueberrede mich lieber ein Sclav und Karren-Gaul von diesem verfluchten Hofschranzen zu seyn. – –

(Er deutet auf den Hofmeister.)

Gonerill. Es steht in euerm Belieben, Sir.

Lear. Ich bitte dich, Tochter, treib mich nicht zum Wahnwiz. Ich will dich nicht beunruhigen, mein Kind. Lebe wohl! Wir wollen nicht mehr zusammen kommen, einander nicht mehr sehen. Aber du bist doch mein Fleisch, mein Blut, meine Tochter – – oder vielmehr ein Schaden der in meinem Fleisch ist, und den ich wider Willen mein nennen muß; du bist ein Geschwär, eine Pestbeule, eine aufgeschwollene Blatter in meinem vergifteten Blute. Doch ich will dich nicht schelten. Die Schaam mag kommen wenn sie will, ich ruffe ihr nicht; ich bitte den Donnerer nicht, dich zu schlagen, und erzähle dem allesrichtenden Jupiter keine Geschichten von dir: Bessre dich wenn du kanst, und wenn es dir gelegen ist. Ich kan Geduld haben, ich kan bey Regan bleiben, ich und meine hundert Ritter.

Regan. Nicht vollkommen so; ich habe izt nicht für euch gesorgt, ich bin nicht darauf versehen, euch gehörig zu empfangen; gebt meiner Schwester Gehör. Leute die mit Passionen urtheilen, könnten sich begnügen zu denken, ihr seyd alt, und so – – Aber sie weiß, was sie thut.

Lear. Ist das wohl gesprochen?

Regan. Ich darf es behaupten, Sir. Was? fünfzig Begleiter? Ist es nicht genug? Wozu braucht ihr mehr? Ja, wozu so viele? Da beydes, Ueberlast und Gefahr, gegen eine so grosse Anzahl reden. Wie könnten so viel Leute in einem Hause unter zweyerley Befehl Friede halten? Es ist schwer, es ist ganz unmöglich.

Gonerill. Könntet Ihr, Mylord, dann nicht von unsern Bedienten zugleich bedient werden?

Regan. Warum nicht, Mylord – – wenn sie alsdann etwann saumselig seyn sollten, so könnten wir sie zur Gebühr weisen. Wenn Ihr zu mir kommen wollet, (denn nun merke ich, was die Sache auf sich hat,) so bitte ich nicht mehr als fünf und zwanzig mitzubringen; denn ich werde nicht mehr als fünf und zwanzigen Plaz und Versorgung geben.

Lear. Ich gab euch alles – –

Regan. Und ihr gabet es zu rechter Zeit.

Lear. Machte euch zu meinen Beschirmern, meinen Pflegern, mit dem einzigen Vorbehalt einer solchen Anzahl; muß ich mit fünf und zwanzig zu euch kommen? Regan, sagtet ihr so?

Regan. Und sag es noch einmal, Mylord, ich werde nicht mehr aufnehmen.

Lear. Diese runzlichten Geschöpfe sehen doch noch ganz hübsch aus, wenn sie neben andern stehen, die noch runzlichter sind. Nicht der schlimmste zu seyn, verdient einigen Grad von Lob; *(zu Gonerill)* ich will mit dir gehen, deine Fünfzig sind doch noch einmal so viel als fünf und zwanzig, und du liebst mich um die Helfte nicht so wenig als sie.

Gonerill. Höret mich, Mylord, wozu braucht ihr fünf und zwanzig, zehen oder fünf, euch in ein Haus zu folgen, wo zweymal so viel Befehl haben, euch aufzuwarten?

Regan.Wozu braucht ihr nur einen einzigen?

Lear. O! philosophiert nicht über das was man nicht braucht, oder die elendesten Bettler haben in ihrer grösten Dürftigkeit noch Ueberfluß. Gestehet der Natur nicht mehr zu, als die Natur bedarf, so ist des Menschen Leben so wohlfeil als des Viehes. Du bist eine Lady; wenn warm gekleidet gehen schon Pracht ist, so wirf deine Kleider weg, die Natur bedarf nicht was du zur Pracht trägst, da es dich schwerlich warm halten kan; aber was die wahre Nothdurft betrift – Ihr Himmel! Gebt mir die Geduld die ich vonnöthen habe. Ihr seht mich hier, ihr Götter, einen armen alten Mann, von Gram so gedrükt als von Jahren: Wenn ihr es seyd, die dieser Töchter Herzen wider ihren Vater empören – – o so treibet euer grausames Spiel nicht so weit, mich zahm wie einen Thoren dulden zu machen. Rühret mich mit edelm Zorn! o laßt nicht weibische Waffen, Wassertropfen, meine männliche Wange befleken! – – Nein! Ihr unnatürlichen Unholden, ich will solche Raache an euch beyden nehmen, daß alle Welt – – ich will solche Dinge thun – – die meine Seele sich selbst noch nicht gestehen darf

– – – *Nescio quid ferox*
Decrevit animus intus & nondum sibi audet fateri.
Seneca in Med.

– – Dinge, worüber der Erdboden sich entsezen soll. – – Ihr denkt, ich soll weinen? Nein, ich will nicht weinen – – ob ich gleich Ursache genug zum Weinen habe. – – Eh soll diß Herz in tausend Stüke brechen eh ich weinen will – – O Narr, ich werde wahnsinnig werden – –

(Lear, Gloster, Kent und Narr gehen ab.)

Dreyzehnter Auftritt

Cornwall. Wir wollen uns wegbegeben; es kömmt ein Ungewitter.

Regan. Diß Haus ist klein, der alte Mann und seine Leute können nicht wol darinn versorgt werden.

Gonerill. Es ist seine eigne Schuld, daß er keine Ruhe hat; er mag die Folgen seiner Thorheit kosten.

Regan. Ihn für seine Person will ich mit Vergnügen aufnehmen, aber nicht einen einzigen Begleiter.

Gonerill. Das ist auch mein Vorsaz. Wo ist Mylord von Gloster?

Gloster kömmt zurük.

Cornwall. Er begleitete den alten Mann – – Hier kommt er wieder.

Gloster. Der König ist in der äussersten Wuth, und will fort, ich weiß nicht wohin.

Cornwall. Das beste ist, ihm den Lauf zu lassen, den er selbst nimmt.

Gonerill *zu Gloster.*
Mylord, sprechet ihm auf keinerlei Art zu, daß er bleibe.

Gloster. Aber, die Nacht bricht an, und die Winde stürmen entsezlich; auf manche Meile herum ist kaum ein Busch – –

Regan. O Sir, eigensinnigen Leuten müssen die Uebel die sie sich selbst zuziehen, für Lehrmeister dienen. Sperret eure Thüren zu; er hat verzweifelte Leute bey sich; und die Klugheit befiehlt zu fürchten, wozu sie ihn aufhezen könnten, da es so leicht ist, ihn zu verführen.

Cornwall. Verschließt eure Thüren, Mylord, es ist eine ungestüme Nacht. Meine Regan räth wol; kommt, eh das Wetter angeht.

(Gehen ab.)

Dritter Aufzug

Erster Auftritt

Eine Heyde.

(Man hört einen Sturm mit Donner und Blizen.)

Kent und ein Ritter treten von verschiedenen Seiten auf.

Kent. Wer geht hier in diesem schlimmen Wetter?

Ritter. Einer dessen Gemüthsfassung diesem Wetter sehr ähnlich ist.

Kent. Ich kenne euch; wo ist der König?

Ritter. Mit den erzürnten Elementen kämpfend, befiehlt er den Winden die Erde in die See zu wehen, oder die krausen Wellen über das feste Land aufzuschwellen, damit die Welt eine neue Gestalt bekomme oder aufhöre. Er rauft seine weissen Haare, und bemüht sich in sich selbst, in seiner innerlichen Welt, die streitenden Sturmwinde und die berstenden Wolken zu überrasen. In einer solchen Nacht, wo der wüthende Hunger auch die wildesten Thiere nicht aus ihren Hölen zu treiben vermochte, rennt er mit unbedektem Haupt hin und wieder, und stößt seinen Grimm in Verwünschungen aus – –

Kent. Aber wer ist bey ihm?

Ritter. Niemand als der Narr, der sich bemüht, ihn der Kränkungen, die sein Herz zerreissen, durch seine Thorheiten vergessen zu machen.

Kent. Sir, ich kenne euch, und wage es unter der Bürgschaft meiner euch nicht unbekannten Gesinnungen, euch einen wichtigen Auftrag zu machen. Es ist

Mißhelligkeit, ob sie gleich aus Staatslist noch verborgen wird, zwischen den Herzogen von Albanien und Cornwall: Sie haben Bediente, (und welche Grosse haben nicht solche?) die unter dem Schein der Treue heimliche Kundschafter sind, und Frankreich alles verrathen, was in unserm Staat vorgeht – – die Zänkereyen der Herzoge, oder die rauhe Art womit beyde dem guten alten Könige begegnet sind, oder vielleicht etwas noch tiefferes, wozu beydes nur die Vorbereitungen sind – – was es auch seyn mag, gewiß ist, daß ein Französisches Kriegsheer im Begriff steht in dieses geschwächte Königreich einzufallen. Unsre Nachlässigkeit hat ihnen schon Zeit gelassen, sich in unsern besten Seehäfen Anhänger zu machen, und sie werden nicht lange säumen, ihre Feldzeichen öffentlich aufzusteken. Wenn ihr nun anders auf meinen Credit so viel wagen wollet, in Eile nach Dover abzugehen, so werdet ihr Leute finden, die euch danken werden, wenn ihr ihnen eine wahrhafte Nachricht gebet, über was für unnatürliche und unsinnigmachende Beleidigungen der König zu klagen Ursach hat.

Ich bin ein Edelmann von Stand und Bedeutung, und würde euch diesen Dienst nicht auftragen, wenn ich nicht wißte, daß ich mich auf euch verlassen kan.

Ritter. Ich will weiter mit euch hievon reden.

Kent. Nein, thut es nicht; zur Bestätigung daß ich weit mehr bin, als meine Aussen-Seite, öffnet diesen Beutel und nehmt, was darinn ist. Wenn ihr Cordelia sehen werdet, wie ihr nicht zweifeln dürft, so zeigt ihr diesen Ring, und sie wird euch sagen wer der gute Freund ist, den ihr izt nicht kennt.

Ritter. Gebt mir euere Hand, habt ihr sonst nichts zu sagen?

Kent. Wenig Worte, aber, der Würkung nach, mehr als alles bisherige. Wir wollen uns trennen, um den König zu suchen, und der erste der ihn erblikt, soll dem andern ein Zeichen geben.

(Gehen ab.)

Zweyter Auftritt

(Das Ungewitter daurt immer fort.)

Lear und der Narr treten auf.

Lear. Blaset ihr Winde, und zersprengt eure Baken, wüthet, blaset! Ihr Wolkenbrüche und Orkane, speyet Wasser aus bis ihr unsre Glokenthürme überschwemmt und ihre Hahnen ersäuft habet. Ihr schweflichten, meine Gedanken ausrichtenden Blize, senget mein weisses Haupt; und du allerschütternder Donner, schlage die dike Ründe der Welt platt, zerbrich die Form der Natur, und zerstüke auf einmal alle die ursprünglichen Keime, woraus der undankbare Mensch entsteht.

Narr. O Nonkel, Hofweyhwasser in einem trocknen Haus ist besser als Regenwasser vor der Thüre. Guter Nonkel, hinein, und bitte deine Töchter um ihren Segen; das ist eine Nacht, die weder mit Gescheidten noch mit Narren Mitleiden hat.

Lear. Brause und lärme nur so laut du kanst, spey Feuer, ströme Regen; weder Regen noch Wind, Donner noch Blize sind meine Töchter; ich beschuldige euch keiner Unfreundlichkeit, ihr Elemente; ich gab euch keine Königreiche, ich nannte euch nie meine Kinder, ihr seyd mir keinen Gehorsam schuldig. So laßt denn euer entsezliches Vergnügen fallen – – Hier steh ich, euer Gegner, ein armer, entkräfteter, schwacher, und verachteter alter Mann! Und doch seyd ihr nur knechtische Diener, die, in Verständniß mit zwo verderblichen Töchtern eure donnernde Schlachtordnungen gegen einen so alten und weissen Kopf aufführet – – oh! oh! es ist niederträchtig.

Narr. Wer ein Haus hat, worein er seinen Kopfsteken kan, hat einen guten Helm – – – – Wer sein Herz zu seinem Zehen macht, wird über Hüner-Augen schreyen und nicht schlaffen können; denn es ist noch nie kein hübsches Mädchen gewesen, die nicht Gesichter in einen Spiegel gemacht hätte.

Dritter Auftritt

Kent kommt zu ihnen.

Lear. Nein, ich will das Muster aller Geduld seyn, ich will nichts sagen.

Kent. Wer ist hier?

Narr. – – – – – –

Kent. Ach! Sir, seyd ihr hier? Geschöpfe die sonst die Nacht lieben, lieben keine solche Nächte wie diese; der ergrimmte Himmel schrekt sogar die nachtwandernden Gespenster in ihre Hölen zurük. Seit ich ein Mann bin, erinnere ich mich nicht solche Feuer-Güsse, solche fürchterlich berstende Donner, ein solches Geheul und Geprassel von Sturmwinden und Plazregen gehört zu haben. Das ist mehr als die menschliche Natur ausstehen kan.

Lear. Izt mögen die grossen Götter, die dieses entsezliche Getöse über unsern Häuptern machen, ihre Feinde aufsuchen. Zittre, du Unglükseliger, dessen unentdekte Verbrechen der Ruthe der Gerechtigkeit entgangen sind! Verbirg dich, du blutige Hand, du Meineydiger, du blutschänderischer Heuchler der Tugend; zerfall in Asche, Bösewicht, der unter dem Schein der Freundschaft nach dem Leben eines Menschen getrachtet hat – – Ihr geheimen verschlossenen Sünden, öffnet euere verbergende Kammern, und bittet diese fürchterlichen Aufforderer um Gnade – – Ich bin ein Mensch, gegen den mehr gesündiget worden, als er selbst gesündiget hat.

Kent. O weh! mit blossem Haupt! Mein gütiger Lord, ganz nah an hier ist eine Hütte; Irgend ein mitleidiges Geschöpf wird sie euch gegen das Ungewitter leihen; ruhet dort aus, indeß daß ich in dieses harte Haus (härter als der Fels auf dem es erbaut ist, weil sie nur eben izt, da ich nach euch fragte, mir den Eingang versagten) zurük kehre, und ihrer kargen Höflichkeit Gewalt anthue.

Lear. Mein Kopf fangt an zu schwärmen – – Komm mit, Junge. Was machst du, Junge? frierst du? Ich friere selbst. Wo ist Stroh, guter Freund? Die Kunst der Nothwendigkeit ist wunderbar, daß sie die schlechtesten Dinge kostbar machen kan. Kommt, in eure Hütte! – – Armer Tropf! Ich habe nur noch eine Faser von meinem Herzen übrig, und die ist izt für dich bekümmert.

Narr *(singt ein kahles Liedlein.)*

Lear. In der That, mein guter Junge; komm, führ uns in die Hütte – –

(Geht mit Kent ab.)

Narr. Das ist eine hübsche Nacht ein verliebtes Weibsbild abzukühlen. Ich will noch eine oder zwo Propheceyungen sagen, eh ich geh. (Die folgende Stelle ist im Original in Reimen.) „Wenn Priester reicher an Worten als Gedanken sind, und Brauer ihr Malz mit Wasser verderben; wenn Edelleute die Lehrmeister ihrer Schneider sind, und anstatt der Kezer nur Hurenjäger verbrennt werden, dann kommt die Zeit, wer sie erlebt, daß der Gebrauch seyn wird mit den Füssen zu gehen. Wenn ein jeder Rechtshandel gerecht seyn wird, kein Edelmann voller Schulden, und kein Junker arm, wenn Verleumdungen nicht in Zungen leben, und Beutelschneider sich in kein Gedränge mischen, wenn Wucherer ihr Gold auf freyem Felde zählen, und Kupplerinnen und H**n Kirchen bauen: Dann wird das Reich von Albion in grosse Verwirrung gerathen“ – – Diese Propheceyung soll Merlin machen, denn ich lebe vor seiner Zeit.

(Geht ab.)

Vierter Auftritt

Ein Zimmer in Glosters Schloß.

Gloster und Edmund.

Gloster. Edmund, diese unnatürliche Begegnung gefällt mir gar nicht. Wie ich sie um Erlaubniß bat, Mitleiden mit ihm zu haben, so nahmen sie mir den Gebrauch meines eigenen Hauses, und verboten mir bey Straffe einer ewigen Ungnade, weder mit ihm zu reden, noch für ihn zu bitten, noch ihn auf irgend eine Weise zu unterstüzen.

Edmund. Das ist ja ganz barbarisch und unnatürlich.

Gloster. Geht hinein, aber sagt nichts. Es ist Zwiespalt zwischen den Herzogen, und noch etwas schlimmers als das; ich habe diese Nacht einen Brief bekommen, es ist gefährlich davon zu reden, (ich habe den Brief in mein Cabinet verschlossen.) Diese Beleidigungen die der König duldet, werden gerochen werden; es ist schon ein Theil der Macht auf den Beinen; wir müssen uns zum Könige schlagen; ich will zu ihm sehen, und ihm heimlich Beystand thun; geht ihr, und unterhaltet ein Gespräch mit dem Herzog, damit er nicht merke was ich für den König thun werde; wenn er nach mir fragt, so bin ich nicht wohl und zu Bette gegangen. Und wenn ich deßhalb sterben müßte, (wie mir dann nicht weniger gedräut ist,) so muß der König, mein alter Herr Hülfe haben. Es sind wunderliche Dinge auf dem Tapet, Edmund, ich bitte euch, geht und seyd sorgfältig.

(Geht ab.)

Edmund *(allein.)*
Diese Großmuth soll mit deiner Erlaubniß der Herzog diesen Augenblik erfahren, und den Brief dazu. Das hat das Ansehen eines wichtigen Verdiensts, und muß mir geben was mein Vater verliehrt; nicht weniger als Alles. Der Jüngere steigt, wenn der Alte fällt.

(Geht ab.)

Fünfter Auftritt

Die Scene verwandelt sich in einen Theil der Heyde mit einer Hütte.

Lear, Kent und Narr.

Kent. Hier ist der Ort, Mylord; mein gütiger Lord, gehet hinein. Es ist der Natur unmöglich, die Strenge dieser Nacht im freyen Feld auszuhalten.

Lear. Laßt mich allein.

Kent. Mein gütiger Lord, gehet doch hinein.

Lear. Wird es mein Herz brechen?

Kent. Ich wollte lieber mein eignes brechen; ich bitte euch, Mylord, kommet herein.

Lear. Du denkst es sey zuviel, daß dieser wüthende Sturm uns bis auf die Haut anfällt; für dich ist es so; aber wenn ein grösserer Schmerz tobet, wird der geringere kaum gefühlt. Du würdest dich vor einem Bären entsezen; wenn aber deine Flucht gegen das heulende Meer läge, würdest du dem Bären in den Rachen lauffen. Wenn das Gemüth frey ist, so ist der Leib zärtlich; der Sturm in meinem Gemüth nimmt meinen Sinnen alles andre Gefühl, als was hier schlägt. *(Er zeigt auf sein Herz.)* Kindliche Undankbarkeit! Ist es nicht als ob dieser Mund diese Hand zerreissen wollte, weil sie ihm Speise gereicht habe? – – Doch ich will sie abstraffen; Nein, ich will nicht mehr weinen – – – In einer solchen Nacht mich auszustossen – – – Schütte nur zu, ich will es leiden, – – – In einer Nacht wie diese? O Regan, Gonerill, euern alten guten Vater, dessen ehrliches Herz alles gab – – O auf diesem Wege ligt Wahnwiz; ich muß ihn ausweichen – – Nichts mehr hievon – –

Kent. Mein gütiger Lord, gehet doch hinein.

Lear. Ich bitte dich, geh du selbst hinein, sieh wie du dir helfen kanst, – – dieser Sturm will mir nicht erlauben an Dinge zu denken, die mich noch stärker angreiffen würden. – – Aber ich will hinein gehen – – hinein, Junge, geh zuerst. Ihr Dürftigen, die ihr izt ohne Dach seyd – – Nun, geh doch hinein; ich will beten und dann will ich schlafen – – Arme nakende Unglükselige, wo ihr auch seyd, der Wuth dieses unbarmherzigen Sturms ausgesezt! Wie sollen eure unbedekten Häupter, und ausgehungerten Seiten, eure zerlumpte, durchlöcherte Blösse euch gegen ein Wetter wie dieses ist schüzen? – – O! ich habe zu wenig hieran gedacht! – – Nimm Arzney ein, Pracht! – – Seze dich in die Umstände zu fühlen was diese Elenden fühlen, damit du ihnen deinen Ueberfluß zuwerffest, und die Gerechtigkeit des Himmels gerettet werde.

Edgar *(in der Hütte.)*
Einen Faden und einen halben! Einen Faden und einen halben! Armer Tom!

Narr *(indem er aus der Hütte herausläuft.)*
Geh nicht hinein, Nonkel, es ist ein Geist drinn; Hülfe, Hülfe!

Kent. Gieb mir deine Hand; was ists?

Narr. Ein Geist, ein Geist! er sagt, er heisse der arme Tom.

Kent. Wer bist du, der hier im Stroh winselt? Hervor!

Sechster Auftritt

Die vorigen, Edgar in einen tollen Menschen verkleidet.

Edgar. Aus dem Wege, der böse Feind folgt mir. Durch den scharfen Hagdorn bläßt der kalte Wind. Hans, geh in dein Bett und wärme dich.

Lear. Gabst du deinen Töchtern Alles, daß du in diesen Zustand gekommen bist?

Edgar. Wer giebt dem armen Tom etwas? den der böse Feind durch Feuer und Flammen, durch Furthen und Strudel, durch Sumpf und Pfuhl geführt hat; der Messer unter sein Küssen und Strike unter seinen Siz gelegt hat; der Mäusgift in seine Suppe gethan, und ihn übermüthig gemacht hat, auf einem braunrothen Gaul zu trotten, über vier zollbreite Brüken seinem eignen Schatten als einem Verräther nachzujagen – – Gott behüte deine fünf Sinnen; Tom friert. O da, di, da, di, da, di, – – Gott behüte dich vor Wirbel-Winden, bösen Sternen und Gefangenschaft; gebt dem armen Tom etwas Almosen, den der böse Feind plagt – – Hier möcht ich ihn izt haben, und da, und wieder hier und dort.

Lear. Wie? Haben seine Töchter ihn dahin gebrach t? Konntest du nichts davon bringen? gabst du ihnen Alles?

Narr. Nein, er behielt sich eine Windel vor, sonst wären wir alle beschämt worden.

Lear. Nun, alle die rächenden Plagen, die in der schwebenden Luft über den menschlichen Uebelthaten hangen, blizen auf deine Töchter!

Kent. Er hat keine Töchter, Mylord.

Lear. Tod! Verräther, nichts könnte die Natur zu einer solchen Erniedrigung heruntergebracht haben, als undankbare Töchter. Ist es erhört, daß ausgetriebene Väter so wenig Erbarmung gegen ihr eigen Fleisch tragen sollten? Wohlausgesonnene Straffe! Dieses Fleisch war es, das diese Pelican-Töchter zeugte.

Edgar. Pillicok saß auf Pillicoks Stein; holla, holla, la, la!

Narr. Diese kalte Nacht wird uns noch alle zu Narren und Wahnwizigen machen.

Edgar. Hüte dich vor dem bösen Feind, gehorche deinen Eltern, halte dein Versprechen, fluche nicht, halte nicht zu mit eines andern geschwornen Weibe, seze dein Herz nicht auf Pracht und Ueppigkeit. Tom friert!

Lear. Wer bist du gewesen?

Edgar. Ein Sclave, stolz von Herz und Sinn, der sein Haar kräuselte, Handschuh auf dem Hut trug, der bösen Lust seiner Buhlschaft frohnte, und das Werk der Finsterniß mit ihr trieb; so viel Schwüre that, als Worte aussprach, und sie vor dem milden Antliz des Himmels brach. Einer der in unzüchtigen Gedanken einschlief, und erwachte um sie auszuüben; den Wein liebt' ich tief, die Karten früh, und bey den Weibern übertraf ich den Türken. Falsch von Herzen, leicht von Ohr, blutig von Hand, ein Schwein an Unreinigkeit, ein Fuchs an Schelmerey, ein Wolf an Gefrässigkeit, ein Hund an Tollheit, und ein Löwe an Räuberey. Laß nicht das Knarren der Schuhe, und das Rauschen der Seide dein armes Herz an Weibsbilder verrathen. Halt deinen Fuß zurük von Hurenhäusern, deine Hand von Unterröken, deine Feder von den Zins-Büchern der Wucherer, und troze dem bösen Feind. Immer bläßt durch den Hagdorn der kalte Wind; sagt, Sum, Mun, Nonny, Delphin, mein Junge, Junge, Sessey, laß ihn antraben.

(Der Sturm daurt immer fort.)

Lear. Besser du wärst in deinem Grab, als deinen unbedekten Kopf diesem Unwetter entgegen zu stellen. – – Ist der Mensch nichts mehr als das? Betracht ihn recht! Du bist dem Wurm keine Seide schuldig, den wilden Thieren keinen Pelz, dem Schaafe keine Wolle, der Bisam-Kaze keinen guten Geruch. Ha! hier sind drey von uns solche Sophisten; du bist das Ding selbst. Der unaufgeschmükte Mensch ist nichts mehr als ein solch armes, naktes, gabelförmiges Thier wie du bist. Weg, weg, du geborgter Plunder, kommt, knöpft mich auf – –

(Er reißt seine Kleider auf.)

Narr. Ich bitte dich, Nonkel, sey ruhig; es ist keine hübsche Nacht zum Schwimmen. Ein kleines Feuer in einem Wald wäre izt gerade wie eines alten Hurenjägers Herz, ein Fünkchen, und der ganze übrige Leib kalt; sieh, hier kömmt ein feuriger Mann.

Edgar. Es ist der böse Flibbertigibbet, er fängt an wenn die Nachtgloke geläutet wird, und geht bis der Hahn kräht; er verursachet den Staar, macht schielende Augen, und Hasen-Scharten, milthaut den weissen Weizen, und stoßt die armen Geschöpfe auf der Erde. Sanct Withold u.s.w.

Siebender Auftritt

Gloster kömmt mit einer Fakel.

Lear. Wer ist der?

Kent. Wer ist hier? was sucht ihr?

Gloster. Wer seyd ihr selbst? wie heißt ihr?

Edgar. Der arme Tom, der den schwimmenden Frosch ißt, die Kröte, die Mauer-Eidexe, und die Wasser-Eidexe, der in der Wuth seines Herzens, wenn der böse Feind raset, Kühfladen für Salat ißt, alte Razen und todte Hunde verschlukt, und den grünen Mantel des stehenden Sumpfes trinkt, der von Haus zu Haus gepeitscht, in den Stok gesezt und eingesperrt wird; der drey Kleider für seinen Rüken gehabt hat, sechs Hemder für seinen Leib, ein Pferd zum reiten, und einen Degen zum tragen;

Aber Razen und Mäuse und solche Waar,
Sind nun Tom's Speise seit sieben Jahr.

Gloster. Wie, hat Eure Hoheit keine bessere Gesellschaft?

Edgar. Der Fürst der Finsterniß ist ein Edelmann; er heißt Modo und Mahu.

Gloster. Unser Fleisch und Blut, Mylord, ist so sehr verdorben, daß es die hasset, die es gezeugt haben.

Edgar. Tom friert!

Gloster. Kommet mit mir, Mylord; meine Treue kan mir nicht zulassen, eurer Töchter grausamen Befehlen in allem zu gehorchen. Ob sie mir gleich eingeschärft haben, meine Thüren zu verrigeln, und euch der Willkuhr dieser tyrannischen Nacht zu überlassen, so hab ich es doch gewagt euch aufzusuchen, um euch an einen Ort zu bringen, wo Feuer und etwas zu essen bereit ist.

Lear. Zuerst laßt mich mit diesem Philosophen reden; was ist die Ursache vom Donner?

Kent. Mein gütiger Lord, nehmet sein Erbieten an, geht in das Haus.

Lear. Ich will ein Wort mit diesem gelehrten Thebaner hier reden: Was ist euer Studium?

Edgar. Dem bösen Feind auszuweichen, und Ungeziefer zu tödten.

Lear. Laßt uns euch ein Wort in Geheim fragen.

Kent. Sezt ihm stärker zu mit euch zu gehen, Mylord; sein Verstand fängt an in Unordnung zu kommen.

Gloster. Kanst du ihn tadeln? Seine Töchter suchen seinen Tod. – – Ach! der gute Kent! Er sagte, so würd' es gehen; der arme verbannte Mann! Du sagst, der König wird wahnsinnig; ich kan dir sagen, Freund, ich bin selbst wahnsinnig; ich hatte einen Sohn, (denn izt ist er aus meinem Herzen verbannet) er stand mir nach dem Leben, erst kürzlich, ganz neuerlich; ich liebte ihn, Freund, kein Vater hat jemals seinen Sohn mehr geliebt; dir die Wahrheit zu sagen, der Schmerz hat meinen Verstand angegriffen. Was für eine Nacht ist diß! – – *(zu Lear.)* Ich bitte eure Hoheit – –

Lear. O, ich bitte euch um Vergebung, Sir. *(zu Edgar)* Edler Philosoph, eure Gesellschaft.

Edgar. Tom friert.

Gloster. Hinein, Bursche, in die Hütte; wärme dich.

Lear. Kommt, wir wollen alle hinein.

Kent. Diesen Weg, Mylord.

Lear. Mit ihm; ich will immer bey meinem Philosophen bleiben.

Kent *(zu Gloster.)*
Mein gütiger Lord, seyd ihm zu Willen, laßt ihn den Burschen mitnehmen.

Gloster. Nehmt ihr ihn mit.

Kent. Komm mit, Bursche, mit uns.

Lear. Komm, du guter Athenienser.

Gloster. Keine Worte, keine Worte, husch!

Edgar. Kind Roland kam zum finstern Thurm etc.

(Sie gehen ab.)

Achter Auftritt

Die Scene verwandelt sich in Glosters Schloß.

Cornwall. Edmund.

Cornwall. Ich will Rache haben, eh ich dieses Haus verlasse.

Edmund. Ich darf kaum daran denken, Mylord, was man urtheilen wird, daß ich die Natur der Treue gegen euch Plaz machen heisse.

Cornwall. Nun merke ich, daß es nicht bloß euers Bruders schlimme Gemüthsart war, was ihn seinen Tod suchen machte. – – Es war vielleicht ein zur Rache gereiztes Verdienst, welches nicht ausstehen konnte, von einem niederträchtigen Vater vernachlässigst zu werden.

Edmund. Wie unglüklich ist mein Stern, daß ich bereuen muß gerecht zu seyn. Hier ist der Brief, wovon er mir sagte; er entdekt ihn als einen heimlichen Anhänger der Französischen Parthey. O Himmel! möchte entweder diese Verrätherey nicht seyn, oder ich nicht der Entdeker!

Cornwall. Folget mir zu der Herzogin.

Edmund. Wenn der Inhalt dieses Papiers wahr ist, so habt ihr sehr viel zu thun.

Cornwall. Er mag wahr oder falsch seyn, so hat er dich zum Grafen von Gloster gemacht. Suche deinen Vater auf, damit seine Bestraffung vollzogen werden könne.

Edmund *(vor sich.)*
Wenn ich finde daß er dem König Vorschub thut, so wird der Verdacht desto stärker – – *(laut.)* Ich will fortfahren euch die Treue zu beweisen, Mylord, die ich meinem Oberherrn schuldig bin, so schmerzlich auch der Kampf zwischen Schuldigkeit und Natur ist.

Cornwall. Ich bin von deiner Treue überzeugt, und du sollt in meiner Liebe einen theurern Vater finden.

(Sie gehen ab.)

Neunter Auftritt

Eine Stube in einem Meyer-Hofe.

Kent und Gloster treten auf.

Gloster. Hier ist es besser als unter freyem Himmel, nehmt es mit Dank an; ich will besorgt seyn euch so viel Vorschub zu thun, als ich kan – – ich werde bald wieder bey euch seyn.

(Geht ab.)

Kent. Alle Kräfte seines Verstandes haben seiner Ungeduld weichen müssen; die Götter belohnen euer mitleidiges Herz.

Lear, Edgar und Narr.

Edgar. Frateretto ruft mir und erzählt mir, Nero sey ein Angel-Fischer im Pfuhl der Finsterniß. Betet in Unschuld und hütet euch vor dem bösen Feind.

Narr. Sey so gut, Nonkel, und sag mir, ist ein wahnwiziger Mann ein Edelmann oder ein Bauer?

Lear. Ein König, ein König.

Narr. Nein, er ist ein Bauer, der einen Edelmann zum Sohn hat; denn das ist ein wahnwiziger Bauer, der seinen Sohn für einen Edelmann ansieht.

Lear
– – Laßt sie Regan anatomiren – – Seht, was in ihrem Herzen ausgebrütet wird – – Ist irgend eine Ursache in der Natur, die solche harte Herzen macht? Euch, Sir, unterhalt' ich für einen von meinen Hundert; nur steht mir der Schnitt euerer Kleider nicht an; man sollte denken, sie wären persianisch; aber laßt sie ändern.

Gloster kommt zurük.

Kent. Nun, mein gütiger Lord, legt euch hier und ruhet eine Weile.

Lear. Macht kein Getöse, macht kein Getöse, zieht die Vorhänge. So, so, wir wollen morgen früh zum Nacht-Essen gehen.

Narr. Und ich will des Mittags zu Bette gehen.

Gloster. Kommt hieher, Freund; wo ist der König, mein Herr?

Kent. Hier, Sir, aber beunruhigt ihn nicht; sein Verstand ist dahin.

Gloster. Guter Freund, ich bitte dich, nimm ihn in deine Arme; (ich habe etwas von einem Anschlag wider sein Leben gehört;) es ist eine Sänfte bereit, trag ihn hinein, und eile nach Dover, Freund, wo du beydes, Aufnahm und Schuz, finden wirst. Nimm deinen Herrn auf die Schultern; wenn du nur eine halbe Stunde säumest, so ist sein Leben und deines und eines jeden, der ihn vertheidigen wollte, unfehlbar verlohren. Fort, mache fort, nimm ihn auf deine Schultern, und folge mir; ich will dir einen Wegweiser mitgeben – –

Kent. Die unterdrukte Natur schläft. Diese Ruhe möchte ein Balsam für deine verwundeten Sinnen gewesen seyn, die, wie ich besorge, ohne eine günstige Veränderung der Umstände, unheilbar sind. Komm, *(zum Narren)* hilf deinen Herrn hinweg tragen, du must nicht zurük bleiben.

Gloster. Kommt, kommt, hinweg.

(Sie tragen den König fort.)

Edgar *bleibt allein.*
Wenn wir Bessere als wir sind mit unsern Uebeln beladen sehen, so vergessen wir beynahe unsers eignen Elends. Wer allein leidet, leidet am meisten am Gemüth, indem er mit Menschen umgeben ist, die von seinen Uebeln frey, durch den beleidigenden Anblik ihrer Glükseligkeit seine Pein verdoppeln. Wie leicht, wie erträglich scheint mir mein Unglük zu seyn, da der König von gleichem Ungemach gedrükt wird! Er hat Kinder, wie ich einen Vater habe – – Hinweg, Tom – – begegne diese Nacht was will, wenn nur der König unversehrt entkömmt – –

(Edgar geht ab.)

Zehnter Auftritt

Cornwall, Regan, Gonerill, Edmund und Bediente.

Cornwall. Eilet unverzüglich zu euerm Gemahl und zeigt ihm diesen Brief; die französische Armee ist angeländet; sucht den Verräther Gloster.

Regan. Laßt ihn auf der Stelle aufhängen.

Gonerill. Reißt ihm die Augen aus.

Cornwall. Ueberlasset ihn nur meinem Unwillen. Edmund, leistet unsrer Schwester Gesellschaft; die Rache die wir an euerm verräthrischen Vater zu nehmen genöthiget sind, leidet eure Gegenwart nicht. Ueberzeuget den Herzog zu dem ihr gehet, von der Nothwendigkeit einer schleunigen Kriegs-Zurüstung – – wir haben die gleiche Obliegenheit; unsre Couriers sollen ein ununterbrochnes Verständniß unter uns erhalten. Lebet wohl, liebe Schwester; lebet wohl, Mylord von Gloster.

Der Haushofmeister kömmt.

Wie gehts? wo ist der König?

Hofmeister. Mylord von Gloster hat ihn von hier hinweggebracht. Fünf oder sechs und dreissig von seinen Rittern, welche sehr hizig nach ihm fragten, haben ihn vor der Pforte angetroffen, und sind nebst einigen von des Lords Angehörigen mit ihm nach Dover abgegangen, wo sie sich rühmen, wohlbewaffnete Freunde zu haben.

Cornwall. Hohlet Pferde für eure Gebieterin.

Gonerill. Lebet wohl, mein liebster Lord, und meine Schwester.

(Gonerill und Edmund gehen ab.)

Cornwall. Edmund, lebe wohl – – Geht, sucht den Verräther Gloster; bindet ihn wie einen Dieb, und bringt ihn vor uns: Wir können ihm zwar ohne die Förmlichkeiten der Justiz das Leben nicht nehmen; aber dennoch soll unsre Macht unserm Zorn eine Gefälligkeit erweisen, welche die Leute tadeln mögen ohne sie verhindern zu können.

Eilfter Auftritt

Gloster wird von einigen Bedienten hereingebracht.

Cornwall. Wer ist hier? der Verräther?

Regan. Der undankbare Fuchs! Er ists.

Cornwall. Bindet ihm seine hagern Arme fest zusammen.

Gloster. Was meynen Euer Gnaden damit? Meine guten Freunde, bedenket daß ihr meine Gäste seyd; spielet mir keinen schlimmen Streich, Freunde.

Cornwall. Bindet ihn, sag ich.

(Sie binden ihn.)

Regan. Fester, fester! du nichtswürdiger Verräther.

Gloster. Unbarmherzige Lady, ich bin kein Verräther.

Cornwall. An diesen Lehnstuhl bindet ihn. Nichtswürdiger, du sollt finden – –

Gloster. Bey den mitleidigen Göttern, das ist höchst unwürdig gehandelt, mir so den Bart auszurauffen.

Regan. So weiß, und so ein Verräther!

Gloster. Boshafte Lady, diese Haare, die du meinem Kinn raubest, werden lebendig werden und dich anklagen; ich bin euer Wirth, ihr solltet euch schämen, so mit räuberischen Händen mein gastfreundliches Gesicht zu zerrauffen! Was wollt ihr aus mir machen?

Cornwall. Saget, Sir, was für Briefe hattet ihr lezthin aus Frankreich?

Regan. Antwortet gerade zu, denn wir wissen die Wahrheit schon.

Cornwall. Und was für ein Bündniß hattet ihr mit den Verräthern, die erst kürzlich in dem Königreich angeländet sind?

Regan. In wessen Hände schiktet ihr den mondsüchtigen König? Redet!

Gloster. Ich habe einen Brief, worinn von blossen Muthmassungen die Rede ist, und der von jemanden kam, der neutral, und nicht von einer feindlichen Parthey ist.

Cornwall. Ausflüchte – – –

Regan. Und falsch.

Cornwall. Wo hast du den König hingeschikt?

Gloster. Nach Dover.

Regan. Warum nach Dover? War dir nicht bey Gefahr deines Lebens verboten – – –

Cornwall. Warum nach Dover? Laßt ihn zuerst auf das antworten.

Gloster. Ich bin an den Pfahl gebunden, und muß nun den Anfall aushalten.

Regan. Warum nach Dover?

Gloster. Weil ich nicht sehen wollte, daß deine grausamen Nägel seine alten Augen auskrazten, noch daß deine grimmige Schwester ihre Bären-Klauen in sein gesalbtes Fleisch einhakte. Von einem solchen Sturm, wie sein kahles Haupt in Hölle-schwarzer Nacht aushalten mußte, hätte die kochende See bis an den Himmel aufbrausen, und die gestirnten Feuer auslöschen mögen. Und doch, das arme alte Herz! half er dem Himmel regnen. Hätten Wölfe in dieser entsezlichen Nacht vor deinem Thor geheulet, du würdest dem Pförtner befohlen haben, sie zu öffnen; die grausamsten Thiere wurden vor Schreken mild – – Aber ich werd es noch sehen, wie die geflügelte Rache solche Kinder überfallen wird.

Cornwall. Sehen sollt du es niemals. Kerls, haltet den Stuhl; auf diese deine Augen will ich meinen Fuß sezen.

(Gloster wird auf den Boden gelegt, und Cornwall tritt ihm das eine von seinen Augen aus.)

Gloster. Wer so lange zu leben gedenkt bis er alt wird, gebe mir einige Hülfe – – O grausam! o! ihr Götter!

Regan. Eine Seite möcht' es der andern vorrüken; das andere auch.

Cornwall. Wenn ihr Rache sehet – –

Ein Bedienter. Haltet ein, Mylord, ich habe euch von meiner Kindheit an gedient, aber keinen bessern Dienst hab ich euch nie gethan, als izt, da ich euch bitte, einzuhalten.

Regan. Was ist das, du Hund?

Bedienter. Wenn ihr einen Bart an euerm Kinn trüget, so wollt' ich es mit euch aufnehmen – – *(indem er sieht, daß Cornwall den Degen gegen ihn zieht:)* Wie? was habt ihr im Sinn?

Cornwall. Nichtswürdiger Bube – –

Bedienter. Nun so kommt dann, weil ihr mich so herausfodert – –

(Sie fechten, Cornwall wird verwundet.)

Regan. Gieb mir dein Schwerdt – – ein Sclave soll sich so auflehnen?

(Sie ersticht ihn.)

Bedienter. O! ich bin erschlagen – – Mylord, ihr habt noch ein Auge übrig, um Unglük über ihm zu sehen – – O! – –

(Er stirbt.)

Cornwall. Wir wollen ihm zuvorkommen; aus, nichtswürdige Sulz – –

(Er tritt das andre Aug auch aus.)

Gloster. Ganz finster und hülflos – – Wo ist mein Sohn Edmund? Edmund, fache alle Funken der Natur an, diese greuliche That zu rächen.

Regan. Hinaus, verräthrischer Hund! du rufst einem, der dich verabscheuet; Edmund war's, der uns deine Verräthereyen entdekte; er ist zu gut, Mitleiden mit dir zu haben.

Gloster. O meine Thorheiten! – – So wurde Edgar fälschlich angeklagt! Ihr mitleidigen Götter, vergebet mir das, und segnet ihn!

Regan. Geht, führt ihn vor das Thor hinaus, und laßt ihn seinen Weg nach Dover durch den Geruch finden.

(Gloster wird weggeführt.)

Wie stehts, Mylord, wie seht ihr so übel aus?

Cornwall. Ich habe einen Stoß bekommen; folget mir, Lady; Stosset diesen auglosen Buben hinaus – – werft diesen Sclaven auf den Mist – – Regan, ich verblute; dieser Stoß kommt sehr zur Unzeit – –

Regan. Gebt mir euern Arm – –

(Sie gehen ab.)

1. Bedienter. Wenn es diesem Mann wohl geht, so will ich mir um keines Bubenstüks willen bange seyn lassen.

2. Bedienter. Wenn Sie lange lebt, und am Ende so stirbt wie andre Leute, so werden alle Weiber zu Ungeheuern werden.

1. Bedienter. Wir wollen dem alten Grafen nachlaufen, und irgend einen Bettler suchen, der ihn führe – –

2. Bedienter. Geh du, ich will etwas Flachs und Eyer-Weiß hohlen, es auf seine blutenden Augen zu legen. Nun, der Himmel helf ihm!

(Gehen ab.)

Vierter Aufzug

Erster Auftritt

Ein freyes Feld.

Edgar *tritt auf*
Immer besser so, und wissen daß man verachtet wird, als immer verachtet und geschmeichelt werden. Das ärmste, niedrigste, verworrenste Geschöpf lebt immer in Hoffnung, und hat nichts zu befürchten. Klägliche Veränderungen treffen nur die Glüklichsten. Wer nichts verliehren kan, kan immer lachen. Willkommen dann, du unkörperliche Luft, der Unglükliche, den du unter den Elendesten hinunter geweht hast, ist deinen Stürmen nichts mehr schuldig.

Gloster tritt auf, von einem alten Manne geführt.

Aber wer kommt hier? Mein Vater, von einem fremden Manne geführt? – – Welt, Welt, o Welt! – – Und doch, wenn deine seltsamen Abwechslungen dich nicht verhaßt machten, wo ist der Greiß welcher sterben wollte?

Der alte Mann. O mein guter Lord, ich bin euer Pachter und euers Vaters Pachter gewesen, diese achzig Jahre.

Gloster. Gehe, gehe deinen Weg, guter Freund, geh, dein Beystand kan mir nichts nüzen, und dir könnt' er schädlich seyn.

Der Alte. Ihr könnt ja euern Weg nicht sehen.

Gloster. Ich habe keinen Weg, und bedarf also keiner Augen; ich strauchelte, da ich noch sah. Wie wahr ist es, was uns die Erfahrung so oft lehrt, unsre Mittelmässigkeit ist unsre Sicherheit, und selbst was wir entbehren, beweißt, daß wir es nicht nöthig haben – – O theurer Sohn Edgar, unglüklicher Gegenstand des Zorns deines betrogenen Vaters, möcht ich nur leben dich in meinen Armen zu fühlen, dann wollt' ich sagen, ich habe wieder Augen.

Der Alte. Wie? wer ist der?

Edgar. Ihr Götter, wer kan sagen, ich bin der Elendeste? Ich bin elender als ich jemals war.

Der Alte. Es ist der arme tolle Tom.

Edgar. Und doch kan ich noch elender werden; das Aergste ist noch nicht, so lang man noch sagen kan, das ist das Aergste.

Der Alte. Guter Freund, wo gehst du hin?

Gloster. Ist es ein Bettelmann?

Der Alte. Ein Thor und ein Bettler zugleich.

Gloster. Er hat noch einige Vernunft, sonst könnt' er nicht betteln. In dem Sturm der lezten Nacht sah ich einen solchen Burschen, der mich denken machte, der Mensch sey ein Wurm. Mein Sohn kam mir dabey in den Sinn; und doch war er damals fern von meinem Herzen. Seitdem hab ich mehr gehört. Was Fliegen für muthwillige Knaben sind, sind wir den Göttern; sie tödten uns zu ihrem Zeitvertreib.

Edgar. Gott helf dir, Meister.

Gloster. Ist das der nakende Bursche?

Der Alte. Ja, Mylord.

Gloster. Geh doch, oder wenn du mir zu lieb eine Meile oder zwoo uns nach Dover zuvorlauffen willt, so thu es um der alten Liebe willen, und bring etwas Kleidung für diese nakte Seele, die ich bitten will, mich zu führen.

Der Alte. Ach, Mylord, es ist wahnwizig.

Gloster. Das ist eine böse Zeit, wenn Wahnwizige die Blinden führen; thu was ich dir gesagt habe, oder vielmehr thu was du willst; alles überlegt, geh deinen Weg.

Der Alte. Ich will ihm den besten Anzug bringen, den ich habe; werde daraus was will.

(Geht ab.)

Gloster. Hieher, nakter Bursche.

Edgar. Der arme Tom friert, ich kan es nicht länger verheelen.

Gloster. Komm hieher, Bursche.

Edgar. Und doch muß ich; Gott behüte deine lieben Augen, sie bluten.

Gloster. Kennst du den Weg nach Dover?

Edgar. Gatter und Zäune, Postweg und Fußsteg: Der arme Tom ist um seine guten Sinnen gekommen. Gott behüte dich vor dem bösen Feind, alter Mann. Fünf Feinde sind auf einmal in dem armen Tom gewesen; Obidicut, der Hureteufel, Hobbididen, der Fürst der Taubheit; Mahu, des Stehlens, Mohu, des Mordens, und Flibbertigibbet, der Grimassen-Teufel, der seither die Kammer-Jungfern und Stuben-Mädchen besizt.

Gloster. Hier, nimm diesen Beutel, du den des Himmels Plagen allen Streichen des Unglüks ausgesezt haben. Daß ich elend bin, macht dich glüklicher. Theilet immer so, ihr Götter; Laßt den reichen, von Ueberfluß und Wollust berauschten Mann, der euern Schiksalen Troz bietet, und das Elend seiner Nebengeschöpfe nicht sehen kan, weil er's nicht fühlt, laßt ihn schleunig eure Allmacht fühlen; so wird Freygebigkeit den unmässigen Ueberfluß dämpfen, und ein jeder Mensch genug haben. Kennst du Dover?

Edgar. Ja, Herr.

Gloster. Es ist ein Hügel dort, dessen hoher und überhangender Gipfel fürchterlich über die angrenzende Tieffe herabsieht. Bring mich auf die äusserste Spize desselben, und ich will dir etwas geben, das deinem armseligen Zustand ein Ende machen wird; von dort aus werd' ich keinen Führer mehr nöthig haben.

Edgar. Gieb mir deinen Arm, der arme Tom soll dich führen.

Zweyter Auftritt

Des Herzogs von Albanien Palast.

Gonerill und Edmund.

Gonerill. Seyd willkommen, Mylord; mich wundert, daß mein sanftmüthiger Mann uns nicht entgegen gegangen ist.

Der Hofmeister kömmt.

Nun, wo ist euer Herr?

Hofmeister. Gnädige Frau, er ist drinnen; aber so verändert, daß es kaum glaublich ist; ich sagte ihm, die Feinde seyen angeländet; er lächelte dazu. Ich sagte ihm, Euer Gnaden kommen wieder an; desto schlimmer, war seine Antwort. Als ich ihm von Glosters Verrätherey und von der Treue seines Sohns Nachricht gab, nannte er mich einen Dummkopf, und sagte mir, ich hätte die schlimme Seite herausgekehrt. Was ihm am unangenehmsten seyn sollte, scheint ihm zu gefallen; und was ihm gefallen sollte, beleidigt ihn.

Gonerill *(zu Edmund.)*
So sollt ihr nicht weiter gehen. Es ist nichts, als die feige Zaghaftigkeit seines Geistes, welcher nicht Muth genug hat etwas zu unternehmen: Er wird keine Beleidigung fühlen, die ihn zu einer Antwort nöthigte. Auf diese Art können unsre Wünsche zur Erfüllung kommen. Zurük, Edmund, zu meinem Bruder; beschleunige dich, mustre seine Völker und führe sie an. Hier zu Hause muß ich die Waffen wechseln, und meinem Manne die Spindel in die Hand geben. Dieser getreue Diener soll unser Verständniß unterhalten; ihr sollt in kurzem von mir hören, wenn ihr Herz genug habt zu euerm eignen Vortheil, den Befehl einer Geliebten zu wagen. Traget diß *(sie giebt ihm ich weiß nicht was,)* sparet die Worte, *(leise)* drehet den Kopf ein wenig – – Dieser Kuß, wenn er reden dürfte, würde deine Lebensgeister in die Höhe treiben – – Verstehe mich und lebe wohl.

Edmund. Der Eurige bis in den Tod.

Gonerill. Mein allerliebstes Gloster.

(Edmund geht ab.)

Was für ein Unterscheid ist zwischen Mann und Mann! Du verdienst die Gunstbezeugungen einer Dame; mein Thor usurpiert meine Person.

Hofmeister. Gnädige Frau, hier kömmt Mylord.

Der Herzog von Albanien kömmt.

Gonerill. Bin ich nicht mehr werth gewesen, als meinem Bedienten zu pfeiffen, wie ich ankam?

Albanien. O, Gonerill, ihr seyd den Staub nicht werth, den euch der Wind ins Gesicht bläßt. Ich fürchte die Folgen eurer Gemüthsart; ein Geschöpf das seinen Ursprung verachtet, kan sich nicht in seiner eignen Natur erhalten; der Zweig, der sich selbst von seinem väterlichen Stamm abreißt, muß verdorren, und zu einem tödtlichen Gebrauch kommen.

Gonerill. Nichts mehr, welch ein närrisches Gewäsche!

Albanien. Weisheit und Güte scheinen dem Nichtswürdigen verächtlich; Tygerthiere, nicht Töchter, was habt ihr gethan? Einen Vater, einen höchstgütigen alten Mann habt ihr, auf eine höchst barbarische, höchst unnatürliche Weise, zum Wahnwiz getrieben. Konnte mein Bruder zulassen, daß ihr es thatet, ein Mann, ein Fürst, der ihm soviel zu danken hatte? Wahrlich, wenn die Himmel nicht ungesäumt ihre sichtbar werdenden Geister herabsenden, so schändliche Uebelthaten zu straffen, so muß die Menschheit nothwendig, gleich den Meer-Ungeheuern, sich selbst aufzehren.

Gonerill. Du Milchleberichter Mann! der eine Wange für Maulschellen und einen Kopf für Beleidigungen trägt; der kein Auge hat, den Unterschied zwischen deiner Ehre und deiner Beschimpfung zu sehen; der nicht weiß, daß nur Thoren mit Bösewichtern Mitleiden haben, wenn sie gestraft werden, eh sie ihre Uebelthaten ausüben konnten. Wo ist deine Trummel? Frankreich spreitet seine Fahnen in unserm ruhigen Land aus; in befiederten Helmen beginnst dein künftiger Mörder seine Drohungen, während daß du, ein moralischer Narr, still sizest und rufst: Ach! warum thut er denn das? – –

Albanien. Sieh dich selbst, Teufel! Seine ihm natürliche Häßlichkeit scheint in einem Teufel nicht so abscheulich, als in einem Weibe.

Gonerill. O eitler Thor!

Albanien. Du verwandeltes, ausgeartetes Ding! Schäme dich wenigstens, deine Bildung mit so ungeheuern Gesinnungen zu schänden! Wenn es sich für mich schikte, diese Hände dem Trieb meines kochenden Blutes zu überlassen, sie würden fertig genug seyn dein Fleisch von deinen Knochen abzureissen – – Ob du gleich ein Teufel bist, so schüzt dich doch die Gestalt eines Weibes – –

Gonerill. Wahrhaftig, eine wolangebrachte Mannheit!

Ein Bote kömmt.

Bote. O mein gnädigster Lord, der Herzog von Cornwall ist todt, von seinem Bedienten erschlagen, da er im Begriff war, Glosters zweytes Auge auszutreten.

Albanien. Glosters Augen?

Bote. Ein in seinem Haus erzogner Bedienter, von Reue durchbohrt, widersezte sich der That, und zog sein Schwerdt gegen seinen Herrn, welcher voll Wuth über eine solche Kühnheit, ihn auf der Stelle tödtete, vorher aber eine Wunde bekam, die ihn nun das Leben gekostet hat.

Albanien. Diß zeigt, daß ihr dort oben nicht säumet, ihr himmlischen Richter, diese unsre unter euern Augen begangne Verbrechen zu rächen. Aber, o! der arme Gloster! Verlohr er das andre Aug auch?

Bote. Beyde, beyde, Mylord. Dieses Schreiben, Gnädigste Frau, fodert eine schleunige Antwort; es ist von eurer Schwester.

Gonerill *(vor sich.)*
Von einer Seite gefällt mir diß ganz wol. Und doch da sie izt Wittwe, und mein Gloster bey ihr ist, so könnte leicht das ganze Gebäude in meiner Phantasie über mein verhaßtes Leben einstürzen – – Auf einer andern Seite ist diese Neuigkeit nicht so reizend – – Ich will lesen und antworten.

(Geht ab.)

Albanien. Wo war sein Sohn, als sie ihn seiner Augen beraubten?

Bote. Er begleitete die Herzogin hieher.

Albanien. Er ist nicht hier.

Bote. Nein, Mylord, ich traf ihn unterwegs auf der Rükreise an.

Albanien. Weiß er die schändliche That?

Bote. Ja, Gnädigster Herr, er war es selbst der seinen Vater anklagte, und er verließ das Haus, nur damit ihre Rache freyern Lauf hätte.

Albanien. Gloster, ich lebe, dir für deine Liebe zu dem König zu danken, und deine Augen zu rächen. Komm mit mir, Freund, und sage mir was du noch mehr weissest.

(Gehen ab.)

Dritter Auftritt

Dover.

Kent und ein Edelmann treten auf.

Kent. Der König von Frankreich so plözlich wieder umgekehrt! Wißt ihr die Ursache?

Edelmann. Umstände, welche seine Abwesenheit in seinem Königreiche dem Staat gefährlich machen, haben seine schleunige Rükreise nöthig gemacht.

Kent. Wen hat er zum Feldherrn zurükgelassen?

Edelmann. Den Marschall von Frankreich, Monsieur le Far.

Kent. Brachten eure Briefe die Königin zu einiger Aeusserung von Bekümmerniß?

Edelmann. Ja, Sir, sie nahm sie und laß sie in meiner Gegenwart, und zu verschiednen malen rollte eine grosse Thräne über ihre sanften Wangen; es schien, sie sey Königin über ihren Affect, der auf eine ganz rebellische Weise König über sie zu seyn suchte.

Kent. So rührte es sie also?

Edelmann. Aber nicht zum Zorn. Geduld und Schmerz stritten mit einander, welches von beyden ihrem Gesicht den schönsten Ausdruk geben könnte; ihr habt Sonnenschein und Regen zugleich gesehen – – – ihr Lächeln, und ihre Thränen schienen wie ein nasser May. Dieses anmuthsvolleste Lächeln das um ihre reiffen Lippen spielt, schien nicht zu wissen, was für Gäste in ihren Augen wären, die aus denselben wie Perlen von Diamanten, herunter tröpfelten – – Kurz, der Schmerz würde die liebenswürdigste Sache von der Welt werden, wenn er allen so anstünde wie ihr.

Kent. Aber gab sie ihn nicht in Worten zu erkennen?

Edelmann. Ein oder zweymal seufzte sie aus beklemmten, langsam emporathmender Brust den Namen Vater hervor, rief zu verschiednen Malen – – Schwestern! Schwestern! – – Schandfleke euers Geschlechts! Schwestern! Kent! Vater! Schwestern! wie? Im Sturm? in einer solchen Nacht? Laßt die Menschlichkeit es niemals glauben! – – Hier schüttelte sie das heilige Wasser aus ihren himmlischen Augen; und in einer Bewegung, als ob es ihr unmöglich sey, den lautesten Ausbruch des Schmerzens zurük zu halten, fuhr sie auf und eilte in ihr Cabinet, ihrer Empfindung freyen Lauf zu lassen.

Kent. Die Sterne sind's, die Sterne über uns, die unsre Zufälle bestimmen, sonst könnte unmöglich eben dasselbige Paar so ungleiche Kinder zeugen. Sprach sie mit euch seit diesem?

Edelmann. Nein.

Kent. Geschah diß noch vor der Rükreise des Königs?

Edelmann. Nein, erst hernach.

Kent. Gut, Sir, der arme unglükliche Lear ist in der Stadt; in seinen bessern Augenbliken erinnert er sich, warum wir hieher gekommen sind, und dann will er sich schlechterdings nicht bereden lassen, seine Tochter zu sehen.

Edelmann. Warum, guter Sir?

Kent. Eine demüthigende Schaam überwältigt ihn so; die Härte, mit der er sie seines Segens beraubte, sie der Willkuhr fremder Zufälle überließ, und ihre theuresten Rechte ihren hündischen Schwestern zuwarf: Diese Dinge verwunden ihn mit so giftigen Stichen, daß brennende Schaam ihn von seiner Cordelia zurük hält.

Edelmann. Der arme alte Herr!

Kent. Hörtet ihr nichts von Albaniens und Cornwalls Kriegs-Macht?

Edelmann. Man sagt, sie sey auf den Beinen.

Kent. Gut, Sir, ich will euch zu unserm Herrn führen, und ihn eurer Sorgfalt überlassen. Irgend eine wichtige Ursache wird mich eine Weile verborgen halten. Wenn ich euch recht bekannt seyn werde, so wird es euch nicht gereuen, so genau mit mir bekannt worden zu seyn. Ich bitte, kommt mit mir.

(Gehen ab.)

Vierter Auftritt

Ein Lager.

Cordelia, ein Medicus und Soldaten.

Cordelia. Ach! es ist er selbst; man fand ihn eben izt so rasend als die von Stürmen gepeitschte See; überlaut singend, mit rankichtem Daubenkropf, mit Schierling, Nesseln, Kukuk-Blumen, Lülch und allem dem Unkraut bekränzt, das in unsern Kornfeldern wächßt. Schiket eine Anzahl Leute aus, durchsuchet das ganze Feld, und bringt ihn vor unsre Augen. Was vermag die menschliche Weisheit seine beraubten Sinnen wieder herzustellen? Der, der ihm hilft, nehme alles davor, was ich im Vermögen habe.

Medicus. Es sind Mittel dazu da, Madame; der beste Arzt der Natur ist Ruhe; diese mangelt ihm; sie ihm zu verschaffen, sind die Kräfte mancher Simplicium geschikt, deren Macht das Auge des Kummers zuschliessen wird.

Cordelia. Möchten alle gesegneten noch unbekannten Heil-Kräfte der Erde, von meinen Thränen begossen, hervorsprossen! – – Wendet alles an, die Krankheit des guten alten Mannes zu heben. – – Suchet, suchet ihn auf, eh seine unbezähmte Raserey aus Mangel an Mitteln sie zu dämpfen, den Rest seines Lebens auflöset.

Ein Bote kömmt.

Bote. Neue Zeitungen, Madame, die Brittischen Völker sind im Anzug hieher.

Cordelia. Das wußten wir schon vorher; unsre Zurüstungen warten nur auf ihre Ankunft. O theurer Vater, es ist deine Sache die mich hieher gebracht hat; für dich haben meine Klagen, meine heissen Thränen den grossen Fürsten von Frankreich erweicht; kein aufgeblähter Stolz sezt uns in Waffen, sondern Liebe, kindliche Liebe, und unsers alten Vaters Recht. O wie verlangt mich ihn zu hören und zu sehen!

(Gehen ab.)

Fünfter Auftritt

Regans Pallast.

Regan und der Hofmeister.

Regan. Sind meines Bruders Völker ausgerükt?

Hofmeister. Ja, Gnädige Frau.

Regan. Und er ist selbst in Person dabey?

Hofmeister. Ja und noch jemand, der mehr zu bedeuten hat; eure Schwester ist ein beßrer Soldat als er.

Regan. Lord Edmund sprach nicht mit eurer Lady, da sie zu Hause angekommen?

Hofmeister. Nein, Madame.

Regan. Was mag meiner Schwester Brief an ihn zu sagen haben?

Hofmeister. Ich weiß es nicht, Gnädige Frau.

Regan. Er ist in wichtigen Geschäften von hier abgegangen. Es war ein grosser Unverstand, dem Gloster nur die Augen, und nicht auch das Leben zu nehmen; wohin er kömmt, empört er alle Herzen wider uns. Edmund, denke ich, ist gegangen, aus Mitleiden über seinen elenden Zustand, seinem nächtlichen Leben ein Ende zu machen; und zugleich die Stärke der Feinde zu erkundigen.

Hofmeister. Ich muß ihn nothwendig aufsuchen, Gnädige Frau; um ihm meinen Brief einzuhändigen.

Regan. Unsere Truppen rüken morgen vor; bleibet bey uns; die Wege sind so unsicher – –

Hofmeister. Ich darf nicht, Madame; Mylady gab mir dieses Geschäfte auf meine Pflicht.

Regan. Was konnte sie dem Edmund zu schreiben haben? Konntet ihr ihr Geschäfte nicht etwann mündlich ausrichten? – – Vielleicht, etwas – – ich weiß nicht was – – Du sollt alle meine Gunst haben – – laß mich den Brief öffnen.

Hofmeister. Gnädige Frau, ich wollte lieber – –

Regan. Ich weiß, eure Lady liebt ihren Gemahl nicht; und bey ihrem lezten Hierseyn, warf sie zärtliche Blike, sehr deutlich redende Blike auf den edeln Edmund. Ich weiß, ihr seyd ihr Vertrauter – –

Hofmeister. Ich, Gnädige Frau?

Regan. Ich weiß was ich sage – – ihr seyd's – – ich weiß es; merkt euch also, was ich euch izt sagen will. Mein Gemahl ist todt; Edmund und ich haben uns miteinander besprochen; er schikt sich besser für meine Hand, als für eure Lady. Das übrige könnt ihr selbst schliessen. Wenn ihr ihn findet, so gebt ihm dieses, ich ersuche euch; und wenn ihr eurer Lady diese Nachrichten bringt, ich bitte, so rathet ihr, ihre Weisheit zurük zu ruffen. Hiemit lebet wohl. Wenn ihr etwann von diesem blinden Verräther hören solltet, so wißt, daß der eine reiche Belohnung zu erwarten hat, der ihm den Kopf abschneiden wird.

Hofmeister. Ich wollte ich träfe ihn an, Madame, ich wollte bald zeigen, was für eine Parthey ich halte.

Regan. Lebet wohl.

(Gehen ab.)

Sechster Auftritt

Die Gegend um Dover.

Gloster, und Edgar als ein Bauer.

Gloster. Wenn kommen wir dann zu dem Hügel, wovon ich sagte?

Edgar. Eben izt steigen wir hinauf. Sehet, wie wir arbeiten.

Gloster. Mich däucht, der Grund ist eben.

Edgar. Entsezlich steil. Horcht, hört ihr das Meer?

Gloster. Nein, wahrhaftig.

Edgar. Wie denn, so greift die Verderbniß eurer Augen auch eure übrigen Sinnen an.

Gloster. In der That es kan wol seyn. Mich däucht, deine Stimme ist verändert, und du sprichst bessere Sachen, und in bessern Ausdrüken als zuvor.

Edgar. Ihr irret euch sehr, ich bin in nichts verändert als in meinem Anzug.

Gloster. Ganz gewiß, du sprichst besser.

Edgar. Folget mir, das ist der Ort – – Stehet still. Wie entsezlich und schwindlicht ist es, die Augen in eine solche Tieffe herab zu senken! Die Krähen und Wasser-Raben die in der mittlern Luft fliegen, scheinen kaum so groß als die Schröter; an der Mitte des Felsen hängt einer, der Meerfenchel sucht, ein fürchterliches Handwerk; mich dünkt, er ist nicht diker als sein Kopf. Die Fischer die am Ufer herum gehen, kommen mir vor wie Mäuse, jene lange vor Anker ligende Barke nicht grösser als ihr Hahn, und ihr Hahn so klein, daß ihn das Auge nicht mehr fassen kan. Die murmelnde Welle, die um die unzählbaren nakten Kieselsteine keift, kan in dieser Höhe nicht mehr gehört werden. Ich will nicht mehr hinab schauen, sonst möchte das schwindelnde Hirn und das gebrechende Gesicht mich überwälzend in die Tieffe hinab stürzen.

Gloster. Stelle mich dahin, wo du stehest.

Edgar. Gebt mir eure Hand; izt seyd ihr nur eines Fusses Breite von der äussersten Spize entfernt; um alles was unter dem Mond ligt, wollte ich hier keinen Sprung vorwärts thun.

Gloster. Laß meine Hand gehen; Hier, Freund, ist noch ein andrer Beutel, und in demselben ein Juweel, das wol werth ist von einem armen Mann angenommen zu werden. Götter und Feen mögen es dir gedeyhen lassen. Geh du izt weiter, sag mir Lebewohl, und laß mich hören, daß du gehst.

Edgar *(stellt sich als geh er fort.)*
Nun, so lebet wohl, mein guter Sir.

Gloster. Ich danke dir.

Edgar *(vor sich.)*
Warum treibe ich dieses Spiel mit seiner Verzweiflung? Meine Absicht ist, sie zu heilen.

Gloster. O! ihr mächtigen Götter, dieser Welt entsag' ich hiemit, und schüttle vor euern Augen mein schweres Leiden geduldig ab. Könnte ich es länger tragen, ohne über euere grossen unwidersezlichen Schlüsse zu murren, so wollt' ich, bis der schwache Docht meines grauenvollen Lebens sich vollends ausgebrannt hätte – – Wenn Edgar lebet, o so segnet ihn! – – Nun, Camerade, lebe wohl!

(Er thut einen Sprung, und fällt der Länge nach vor sich hin.)

Edgar *(in einiger Entfernung, und vor sich.)*
Guter Alter, lebe wohl! Wäre er da gewesen, wo er zu seyn gedachte, so hätte er izt aufgehört zu denken. *(Er nähert sich dem Gloster, und verändert seine Stimme.)* Lebendig oder todt? He, hört ihr, guter Freund! Sir! Sir! Redet! – – So könnt' er sterben, in der That – – Doch er lebt wieder auf. Wer seyd ihr, Sir?

Gloster. Hinweg, und laß mich sterben.

Edgar. Wärst du gleich nichts anders gewesen als Spinneweben, Federn und Luft, du würdest durch einen Fall von so vielen Klaftern wie ein Ey zersplittert seyn: Aber du athmest, bist noch ganz und blutest nicht. Rede, bist du unverwundet? Zehen auf einandergesezte Mastbäume machen die Höhe noch nicht aus, die du senkelrecht herunter gefallen bist. Dein Leben ist ein Wunderwerk. Rede doch!

Gloster. Bin ich gefallen oder nicht?

Edgar. Von dem fürchterlichen Gipfel dieses kreideweissen Felsens. Schau in die Höhe, die hellgurgelnde Lerche kan aus dieser Höhe weder gesehen noch gehört werden; sieh nur auf!

Gloster. Ach, ich habe keine Augen – – Ist das äusserste Elend so gar der Wohlthat beraubt, sich durch den Tod zu enden? Es wäre doch einiger Trost gewesen, wenn mein Jammer die Wuth des Tyrannen betrügen, und seinen trozigen Willen hätte vereiteln können.

Edgar. Gebt mir euern Arm. Auf, so – – wie ists? Fühlt ihr eure Beine noch? Ihr steht doch?

Gloster. Nur allzuwohl, nur allzuwohl.

Edgar. Diß übertrift alles Wunderbare. Was für ein Ding war das, das auf der Spize des Felsen von euch weggieng?

Gloster. Ein armer unglüklicher Bettler.

Edgar. Wie ich hier unten stand, däuchte mich, seine Augen wären zween Vollmonde, er hatte tausend Nasen, krumme Hörner, und bäumte sich auf wie die aufschwellende See; Es war irgend ein böser Geist. Zweifle also nicht, du glüklicher alter Vater, daß die Götter, die sich aus dem was Menschen unmöglich ist, eine Ehre machen dich sichtbarlich errettet haben.

Gloster. Izt erinnere ich mich einiger Umstände. Künftig will ich mein Elend tragen, bis es sich zu tode schreyt, genug, genug, und stirbt. Ich hielt das Ding wovon ihr redet, für einen Menschen – – öfters rief es aus, der Feind, der böse Feind – – Es führte mich an diesen Ort.

Edgar. Unterhaltet euch mit geduldigen Gedanken – –

Siebender Auftritt

Lear, auf eine phantastische Art mit Blumen geziert, tritt auf.

Edgar. Aber wer kömmt hier? Ein nüchterner Verstand wird seinen Besizer nimmermehr so ausstaffieren.

Lear. Nein, sie können mir des Münzens wegen nichts thun, ich bin der König selbst.

Edgar. O herzdurchbohrender Anblik!

Lear. In diesem Stük ist die Natur über die Kunst. Hier ist euer Handgeld. Dieser Bursche trägt seinen Bogen, wie ein Krähen-Mann; spannt mir einen Ellen-Stab – Schaut, schaut, eine Maus. Still, still! – – dieses Stükchen von geröstetem Käse wird es thun – – Hier ist mein eiserner Handschuh, ich will ihn gegen einen Riesen probieren. Bringt die Pfeile her – – O! wohl geflogen, Kiel! Im Schwarzen, im Schwarzen! – – Hey da; Gebt das Wortzeichen.

Edgar. Der liebliche Majoran.

Lear. Passiert.

Gloster. Ich kenne diese Stimme.

Lear. Ha! Gonerill! ha, Regan! Sie streichelten mich wie einen Hund, und sagten mir, ich hätte weisse Haare in meinem Bart, eh noch die schwarzen da waren. – – Ja und Nein zu allem zu sagen, was ich sagte – – Ja und Nein, aber es war unächte Münze. Wie der Regen kam und mich durch und durch nezte, wie der Wind mich schaudern machte, und der Donner auf meinen Befehl nicht schweigen wollte; da fand ich sie, da spürt' ich sie aus. Geht, geht, sie sind keine Leute die auf ihr Wort halten; Sie sagten mir, ich sey alles; es ist eine Lüge, ich halte die Fieber-Probe nicht.

Gloster. Ich erinnere mich des Tons dieser Stimme. Ist es nicht der König?

Lear. Ja, jeden Zolls lang ein König. Wenn ich sauer sehe, seht wie meine Unterthanen zittern. Ich schenke diesem Mann das Leben. Was war seine Sache? Ehebruch? du sollt nicht sterben! wegen Ehebruchs sterben? Nein, der Zaunschlupfer thut es, und die kleine vergüldete Fliege buhlet unter meinen Augen. Laßt das Vermehrungs-Werk gehen wie es will; denn Glosters Bastard war zärtlicher gegen seinen Vater, als meine ehlichgezeugte Töchter. Nur zu, Ueppigkeit, alles durcheinander, ich brauche Soldaten. Sehet jene lächelnde Matrone, deren Gesicht hinter ihren ausgebreiteten Fingern Schnee weissagt, die so tugendhafte Grimassen macht, und vor dem blossen Namen der Wollust den Kopf schüttelt. Die Meer-Kaze und die brünstige Stutte bringt keinen so heißhungrigen Appetit dazu; von der Hüfte herab sind sie Centauren, obgleich von obenher ganz weiblich: Bis zum Gürtel wohnen lauter Götter; weiter unten ist alles mit Teufeln angefüllt. Hier ist die Hölle, hier ist Finsterniß, hier ist der brennende, siedende Schwefelpfuhl – – – pfuy, pfuy! Gieb mir eine Unze Zibeth, guter Apotheker, meine Imagination zu versüssen; hier hast du Geld.

Gloster. O! laß mich diese Hande küssen.

Lear. Ich will sie vorher abwischen, sie hat einen Todten-Geruch.

Gloster. O! zertrümmertes Meisterstük der Natur! So wird einst diese grosse Welt sich zu nichts abnüzen. Kennest du mich?

Lear. Ich erinnere mich deiner Augen ganz wohl; schielst du nach mir? Nein? du magst dein ärgstes thun, blinder Cupido, ich will nicht lieben. Ließ du diese Ausforderung, bemerke nur die Schrift davon.

Gloster. Wären alle Buchstaben darinnen Sonnen, so könnte ich doch keinen sehen.

Edgar. Ich hab' es dem Bericht nicht glauben wollen, aber es ist, und mein Herz bricht darüber in Stüke.

Lear. Ließ.

Gloster. Wie, mit diesen Augen-Dekeln?

Lear. O ho, steht es so mit euch? Keine Augen in euerm Kopf, und kein Geld in euerm Beutel. Eure Augen sind in einem schweren Zustand, und euer Beutel in einem leichten; aber ihr seht, wie diese Welt geht.

Gloster. Ich seh es fühlend.

Lear. Wie! bist du wahnwizig? Es kan jemand sehen wie diese Welt geht, wenn er gleich keine Augen hat. Sieh mit deinen Ohren; sieh wie jener Richter jenen einfältigen Dieb ausschilt! Verändre den Ort, und die Hand auf, die Hand zu, sag mir einmal, wer ist der Richter, wer ist der Dieb? du hast gesehen, daß ein Pachtershund einen Bettler anbellte?

Gloster. Ja, Sir.

Lear. Und der arme Tropf lief vor dem Hund? Da hättest du das grosse Sinnbild des Ansehens beobachten können; man gehorcht einem Hund, wenn er sein Amt thut – – Du ruchloser Büttel, halt deine Hand zurük! Warum peitschest du diese Hure? Streiche deinen eignen Rüken; du keuchest vor viehischer Begierde sie eben dazu zu gebrauchen, wofür du sie streichest. Der Wucherer hängt den Spizbuben. Durch zerlumpte Kleider sieht man die kleinsten Laster; Magistrats-Mäntel und Pelz-Röke verbergen alles. Deke die Sünde mit Gold und die starke Lanze der Gerechtigkeit wird brechen, ohne sie verwunden zu können. Kleide sie in Lumpen, so ist eines Pygmäen Strohhalm hinreichend sie zu durchbohren. Niemand sündiget, niemand, sag ich, niemand, nimm das von mir, mein Freund, niemand sündiget, wer die Macht hat seines Anklägers Lippen zu versiegeln. Kauf dir gläserne Augen, und stelle dich, wie ein Stümper in der Politik, als ob du Dinge sähest, die du nicht siehst. Nun, nun, nun, zieht meine Stifel ab, stärker, stärker, so.

Edgar. O welch eine Mischung von Vernunft und Unsinn!

Lear. Wenn du mein Unglük beweinen willst, so nimm meine Augen. Ich kenne dich ganz wol, dein Name ist Gloster. Du weissest, in dem ersten Augenblik da wir die Luft schmeken, winseln und weinen wir. Ich will dir predigen, horch – –

Gloster. Ach, ach! der Tag!

Lear. Wenn wir gebohren sind, so weinen wir, daß wir auf diese grosse Schaubühne von Thoren gekommen sind – – Es ist ein guter Kloz! Das wär' ein feines Stratagema, einen Trupp Pferde mit Filz zu beschuhen; ich will die Probe davon machen, und wenn ich denn diese Tochtermänner überrascht haben werde, dann schlagt todt, schlagt todt, schlagt todt, schlagt todt etc.

Achter Auftritt

Ein Edelmann, und sein Begleit.

Edelmann. O hier ist er, legt Hand an ihn. Mylord, eure theureste Tochter – –

Lear. Keinen Entsaz? wie, ein Gefangener? Ich bin recht dazu gebohren, der Narr des Glüks zu seyn. Begegnet mir wohl, ihr sollt Lösegeld haben. Laßt mir Wundärzte kommen, ich bin bis ins Gehirn gehauen worden.

Edelmann. Ihr sollt alles haben – –

Lear. Keine Helfer? Bin ichs allein? Wie, das könnte aus einem Mann einen Mann von Salz machen, der seine Augen für Garten-Sprengkrüge brauchte, den Staub des Herbstes zu legen. Ich will wie ein tapfrer Mann sterben, wie ein schmuker Bräutigam. Was? Ich will jovialisch seyn; Kommt, kommt, ich bin ein König. Meine Herren, Wissen Sie das?

Edelmann. Ihr seyd ein König, und wir gehorchen euch.

Lear. So schenk ich euch das Leben. Kommt, wenn ihr es davon tragen wollt, so müßt ihr lauffen. Sa, sa, sa, sa.

(Er geht ab.)

Edelmann. Ein Anblik der an dem niedrigsten Menschen erbärmlich, aber an einem König über allen Ausdruk ist. Du hast eine Tochter, welche die Natur von dem allgemeinen Fluch befreyt, den zwo über sie gebracht haben.

Edgar. Heil euch, mein edler Herr.

Edelmann. Sir, macht es kurz; was ist euer Begehren?

Edgar. Hörtet ihr etwas von einem bevorstehenden Treffen, Sir?

Edelmann. Das ist etwas unfehlbares, und landkündiges; das hört jedermann, der einen Ton hören kan.

Edgar. Aber mit eurer Erlaubniß, wie nähert sich die feindliche Armee?

Edelmann. Sehr eilfertig; der völlige Bericht wird jede Stunde erwartet.

Edgar. Ich danke euch, Sir; das ist alles, was ich wollte.

Edelmann. Ob die Königin gleich einer besondern Ursache wegen hier, so ist ihre Armee doch vorgerükt.

(Geht ab.)

Edgar. Ich danke euch, Sir.

Gloster. Ihr allgütigen Götter, nehmt meinen Athem von mir; laßt meine böse Seele mich nicht noch einmal versuchen, zu sterben eh es euch gefällt.

Edgar. Ihr betet recht, Vater.

Gloster. Nun, guter Sir, wer seyd ihr?

Edgar. Ein sehr armer Mann, zu den Streichen des Glüks zahm gemacht, den die Kenntniß und das Gefühl aller Arten von Elend gegen andre mitleidig macht.

Gloster. Herzlicher Dank! die Güte und der Segen des Himmels vergelt es dir – –

Neunter Auftritt

Der Haushofmeister mit einem Brief.

Hofmeister *(indem er den Gloster gewahr wird.)*
Eine öffentliche ausgeruffene Belohnung! Das ist höchstglüklich. Dieses dein augenloses Haupt ist dazu ausersehen, mein Glük zu machen. Alter, unglükseliger Verräther, befiehl deine Seele dem Himmel, das Schwerdt ist gezogen, das dich tödten soll.

Gloster. Laß nur deine freundschaftliche Hand Stärke genug dazu anwenden.

Hofmeister. Woher, verwegner Bauer, darfst du dich unterstehen, einen öffentlichen Verräther zu unterstüzen? Hinweg, oder sein Schiksal soll das deinige seyn. Laß seinen Arm gehen.

Edgar. Ick werd en nit gahn laaten, Herre, mit juhr Verlöf.

Hofmeister. Laß ihn gehen, Sclave, oder du stirbst.

Edgar. Myn leeve Heer, loopt mant uers Pades und latet arme Luite met Freeden. Wann ma vo Grootspreken stärve so wurd myn Leven um viertein Täg nit so verjahet zyn als es is. Komt mant den verjahet Mann nit tau näh, seeg ick: taurück! ick will jau verwarnt hebben, oder ich well proeven, ob jue Bratspiet oder myn Steecken mehre duret, ick wells ganz kort metju maaken. Ick will euk jue Thäne wyß maaken, komt Man, es brukt jue Finten kar nit.

(Er schlägt ihn zu Boden.)

Hofmeister. Sclave, du hast mich erschlagen; Nimm meinen Beutel, und wenn du willt, daß es dir jemals wohl gehen soll, so begrabe meinen Leib, und gieb die Briefe die du bey mir findst Edmunden, Grafen von Gloster: such ihn bey der Englischen Partey auf – – O! unzeitiger Tod!

(Er stirbt.)

Edgar. Ich kenne dich wol, ein dienstfertiger Spizbube, so pflichtvoll gegen die Laster deiner Gebieterin, als Bosheit es nur immer wünschen kan.

Gloster. Wie, ist er todt?

Edgar. Sezt euch nieder, Vater; ruhet aus. Ich will sehen, was in seinen Taschen ist; die Briefe von denen er spricht, mögen vielleicht meine Freunde seyn: er ist todt; es verdrießt mich nur, daß er keine Begleiter hat. Laßt sehen – – Mit eurer Erlaubniß, mein schönes Sigel – – die Höflichkeit kan uns nicht tadeln. Wir reissen unsern Feinden das Herz auf, um in ihr Herz zu sehen; ihre Briefe zu erbrechen ist nicht so grausam.

(Er ließt den Brief.)

„Erinnert euch unsrer gegenseitigem Gelübde. Ihr habt viele Gelegenheiten, ihn aus dem Wege zu räumen; wenn es an euerm Willen nicht fehlt, so werden sich Zeit und Ort von selbst anbieten. Kommt er als Sieger zurük – – so ist nichts gethan; dann bin ich die Gefangene und sein Bette ist mein Kerker; befreyet mich von desselben ekelhafter Wärme, und entsezet den Plaz zur Belohnung eurer Mühe.

Eure (Gemahlin wünschte ich zu sagen) geneigte

Dienerin
Gonerill.“

Welch ein veränderliches Ding ist ein Weib! Ein Anschlag wider ihres Mannes Leben, um meinen Bruder dafür einzutauschen! Hier, in diesem Sand will ich dir ein Grab aufscharren, zum Denkmal für mörderische Hurenjäger, und, wenn es Zeit seyn wird, dieses schnöde Blat vor die Augen des zum Tode bestimmten Herzogs legen; es ist sein Glük, das ich ihm von deinem Tod und von deiner Verrichtung Nachricht geben kan.

Gloster. Der König ist wahnwizig. Verwünscht sey die Härte meiner Sinnen, und eine Vernunft, die mich nur für mein Elend fühlend macht! Besser ich wäre verrükt, so würden doch meine Gedanken von meinen Leiden entwöhnt, und Schmerzen durch seltsame Einbildungen die Empfindung ihrer selbst verliehren.

Edgar. Gebt mir eure Hand, mich dunkt ich höre von fern die Trummel rühren. Kommt Vater, ich will euch zu einem Freund führen.

(Gehen ab.)

Zehnter Auftritt

Cordelia, Kent, ein Arzt.

Cordelia. O du redlicher Kent! Wie kan ich lange genug leben, und bemüht genug seyn, deine Güte zu erwiedern!

Kent. Erkannt zu werden, Gnädigste Frau, ist überflüssig bezahlt; alles was ich Ihnen berichtet habe, ist die bescheidne Wahrheit, weder mehr noch weniger, sondern so.

Cordelia. Kleidet euch besser an; dieser Habit erinnert uns an diese bösen Stunden; ich bitte, leget ihn ab.

Kent. Um Vergebung, Madame; Mein Vorhaben erlaubt mir noch nicht erkannt zu werden. Ich bitte mirs zur Gnade aus, daß Sie mich nicht kennen, bis Zeit und ich es rathsam finden.

Cordelia. So sey es dann also, Mylord – – *(zum Arzt)* Was macht der König?

Arzt. Madame, er schläft noch.

Cordelia. O! Ihr gütigen Götter, heilet diesen grossen Bruch in seiner zerrütteten Natur! O! windet auf die tonlosen verstimmten Sinne dieses in ein Kind verwandelten Vaters!

Arzt. Gefällt es Euer Majestät, daß wir den König weken? Er hat lange geschlafen.

Cordelia. Folget hierinn der Vorschrift eurer Wissenschaft, und handelt nach euerm eignen Gutdünken; ist er angezogen?

(Lear wird von einigen Bedienten in einem Lehnsessel schlaffend hereingetragen.)

Arzt. Ja, Madam; da er im tiefsten Schlaf lag, zogen wir ihm frische Kleider an. Bleiben Sie, Gnädigste Frau, wenn wir ihn weken; ich zweifle nicht an seiner Mässigung.

Cordelia. O! mein theurer Vater! Möchte die Göttin der Gesundheit deine Arzney auf meine Lippen legen, und dieser Kuß den stürmischen Gram besänftigen, den meine zwo Schwestern deinem ehrwürdigen Alter verursacht haben.

Kent. Zärtliche und theuerste Princessin!

Cordelia. Wäret ihr auch nicht ihr Vater gewesen, so hätten diese weissen Loken Mitleiden von ihnen fodern sollen. War diß ein Gesicht, den kämpfenden Winden ausgesezt zu werden? Dem tiefbrüllenden furchtbaren Donner entgegenzustehen? Unter den entsezlichsten Schlägen fliegender sich durchkreuzender Blize? Wie ein armer Verlohrner in diesem dünnen Helm zu wachen? Meines ärgsten Feindes Hund, wenn er mich gleich gebissen hätte, sollte in einer solchen Nacht bey meinem Feuer Plaz bekommen haben; und du, armer Vater, warst genöthiget, in einer armseligen Hütte bey Schweinen und verworfnen Elenden auf kurzem halbverfaultem Stroh zu übernachten. O Jammer! Jammer! Es ist ein Wunder, daß dein Leben sich nicht zugleich mit deiner Vernunft geendiget hat. Ach! er erwacht – – redet mit ihm – –

Arzt. Reden Sie selbst, Madame, izt ist es am gelegensten.

Cordelia. Wie befindet sich mein Königlicher Herr? wie steht es um Euer Majestät?

Lear. Ihr handelt nicht recht an mir, mich so aus meinem Grabe zu nehmen; du bist ein seliger Geist, und ich bin an ein feuriges Rad gebunden, welches meine eignen Thränen gleich zerschmolznem Bley erhizen.

Cordelia. Mylord, kennet ihr mich?

Lear. Du bist ein Geist, ich weiß es; wenn starbest du?

Cordelia. Immer, immer, noch weit – –

Arzt. Er ist noch nicht recht erwacht; lassen Sie ihn eine Weile allein.

Lear. Wo bin ich gewesen? Wer bin ich? Schönes Tageslicht! Ich bin übel zugerichtet – – einen andern so zu sehen, könnte mich vor Mitleiden sterben machen. Ich weiß nicht was ich sagen soll; ich wollte nicht schwören, daß dieses meine Hände sind; laßt sehen, ich fühle diesen Nadelstich – – Ich wollte, ich wäre gewiß was ich bin.

Cordelia. O sehet mich an, Mylord, und streket eure Hand zum Segen über mich aus. Nein, Mylord, ihr müßt nicht knien.

Lear. Ich bitte euch, spottet meiner nicht. Ich bin ein sehr thörichter weichherziger alter Mann, achtzig und drüber, und, aufrichtig zu seyn, ich fürchte, ich bin nicht bey meinem völligen Verstande. Mich dünkt, ich sollte euch und diesen Mann kennen, und doch zweifle ich; denn ich weiß gar nicht was für ein Ort diß ist, und so sehr ich auch mich besinne, kenne ich diese Kleider nicht; nein, ich weiß nicht, wo ich in der lezten Nacht übernachtete. Lacht nicht über mich, denn, so wahr ich ein Mann bin, ich denke diese Dame ist mein Kind Cordelia.

Cordelia. Und das bin ich, ich bins – – *(weinend.)*

Lear. Sind eure Thränen naß? Ja, bey meiner Treue; ich bitte euch, weinet nicht. Wenn ihr Gift für mich habt, so will ichs trinken; ich weiß ihr liebet mich nicht; denn eure Schwestern haben, wie ich mich erinnre, mir übel begegnet; ihr habt einige Ursache, sie nicht.

Cordelia. Keine Ursache, keine Ursache.

Lear. Bin ich in Frankreich?

Cordelia. In euerm eignen Königreich, Mylord.

Lear. Betrüget mich nicht.

Arzt. Beruhigen Sie sich, Madame; die gröste Wuth hat, wie Sie sehen, sich bey ihm gelegt. Und doch wäre es gefährlich ihn an Sachen zu erinnern, die sich auf das Vergangne beziehen. Bitten Sie ihn, hinein zu gehen. Beunruhigen Sie ihn nicht länger, bis er sich besser erholt hat.

Cordelia. Gefällt es Eurer Majestät nicht, sich eine Bewegung zu machen?

Lear. Ihr müßt Geduld mit mir haben. Nun, ich bitte euch, vergeßt und vergebt; ich bin alt und albern.

(Lear, Cordelia, Arzt und Bediente gehen ab.)

(Kent und der Edelmann bleiben.)

Edelmann. Bestätiget es sich, daß der Herzog von Cornwall so ermordet worden?

Kent. Ja, Sir, es ist gewiß.

Edelmann. Wer ist der Anführer dieses feindlichen Heers?

Kent. Man sagt, der unehliche Sohn des Grafen von Gloster.

Edelmann. Sein verbannter Sohn Edgar soll mit dem Grafen von Kent sich in Deutschland befinden.

Kent. Das Gerüchte ist unbeständig; es ist Zeit uns umzusehen; die Macht des Königreichs rükt mit grossen Schritten uns entgegen.

Edelmann. Dem Ansehen nach wird die Entscheidung blutig seyn – – Lebet wohl, Sir.

(Geht ab.)

Kent. Mein ganzer Entwurf wird heute zu Ende gebracht, wol oder übel, je nachdem die Sache ausfallen wird.

(ab.)

Fünfter Aufzug

Erster Auftritt

Ein Lager.

Edmund, Regan, ein Edelmann und Soldaten.

Edmund *(zum Edelmann.)*
Erkundiget euch, ob der Herzog bey seinem lezten Entschluß verharret, oder ob er indeß sich durch irgend etwas bewegen lassen, einen andern Weg einzuschlagen? Er ist sehr wankelmüthig und mißbilligt jeden Augenblik was er im vorigen beliebt hatte. Bringt uns seinen standhaften Willen.

(Der Edelmann geht ab.)

Regan. Unsrer Schwester Mann ist ganz gewiß auf dem Wege, sich zu Grunde zu richten.

Edmund. Es ist möglich, Madame.

Regan. Nun, mein angenehmster Lord; ihr kennet die Gewogenheit die ich für euch habe. Sagt mir aufrichtig, liebet ihr meine Schwester nicht?

Edmund. Mit einer pflichtmässigen Liebe.

Regan. Aber habt ihr niemals – –

Edmund. Nein, bey meiner Ehre, Madame.

Regan. Ich werde sie nimmermehr leiden können; mein liebster Lord, enthaltet euch aller Vertraulichkeit mit ihr.

Edmund. Fürchten Sie nichts; sie und der Herzog, ihr Gemahl – –

Der Herzog von Albanien, Gonerill und Soldaten treten auf.

Gonerill *(für sich.)*
Lieber wollt' ich die Schlacht verliehren als zugeben, daß diese Schwester mich von ihm trenne.

Albanien. Ich erfreue mich meine liebe Schwester, euch anzutreffen – – Sir, der König ist wie ich höre bey seiner Tochter angekommen, mit noch mehr andern, welche die Strenge unsrer Maaßregeln genöthigt hat, eine andre Partey zu nehmen. Wo ich kein ehrlicher Mann seyn kan, bin ich niemals tapfer.

Frankreich thut einen Einfall in unser Land, in so ferne ist es billig ihn abzutreiben. Aber er führt die Sache des Königs und andrer, die, wie ich besorge, durch gerechte und höchstwichtige Ursachen wider uns aufgebracht worden – –

Edmund. Mylord, Sie sprechen sehr edel.

Regan. Was für eine Betrachtung ist das?

Gonerill. Laßt uns gegen den Feind uns vereinigen; von diesen Familien- und Privat-Händeln ist izt die Rede nicht.

Edmund. Ich werde Eurer Gnaden sogleich in dero Zelt aufwarten.

Albanien. Wir wollen uns daselbst mit unsern ältesten Kriegsmännern berathen, was zu thun sey.

Regan. Schwester, ihr geht ja mit uns?

Gonerill. Nein.

Regan. Das würde sich nicht wol schiken; ich bitte euch, geht mit uns.

Gonerill. O ho, ich verstehe das Räzel, ich will gehen.

Zweyter Auftritt

Indem sie hinausgehen, tritt Edgar verkleidet auf.

Edgar *zu Albanien.*
Wenn Euer Gnaden jemals mit einem so armen Mann gesprochen haben, so hören Sie mich nur ein Wort.

Albanien *(zu den übrigen.)*
Ich werde euch wieder einholen – – *(zu Edgar)* Rede!

(Edmund, Regan, Gonerill und Gefolge gehen ab.)

Edgar. Ehe Sie das Treffen beginnen, eröffnen Sie diesen Brief. Wenn der Sieg auf Ihre Seite fällt, so lassen Sie durch den Schall der Trompeten denjenigen auffodern, der ihn gebracht hat. So armselig ich scheine, so kan ich einen Ritter aufstellen, der beweisen soll, was hier vorgegeben wird. Verliehren Sie, so hat

Ihr Geschäfte in der Welt ohnehin ein Ende, und die Anschläge der Uebelgesinnten sind zu nichte. Das Glük stehe Ihnen bey!

Albanien. Verweile nur, bis ich den Brief gelesen habe.

Edgar. Es ist mir verboten worden. Wenn die Zeit es erfodert, so lassen Sie nur den Herold rufen, und ich werde wieder sichtbar werden.

(Geht ab.)

Albanien. So lebe wol; ich will das Papier übersehen.

Edmund kommt zurük.

Edmund. Der Feind läßt sich sehen; lassen Sie Ihre Völker ausrüken, Mylord. Seine eigentliche Stärke ist, aller gebrauchten Sorgfalt ungeachtet, schwer zu entdeken. Aber Ihre Gegenwart, Mylord, ist izt das nöthigste.

Albanien. Wir wollen der Zeit entgegen gehen.

(Geht ab.)

Dritter Auftritt

Edmund. Beyden Schwestern habe ich meine Liebe zugeschworen, jede ist auf die andre so eifersüchtig als die Gestochenen über die Schlange. Welche von beyden soll ich nehmen? Beyde? Eine? oder keine von beyden? Keine kan genossen werden, wenn beyde beym Leben bleiben. Nehme ich die Wittwe, so wird Gonerill bis zum Unsinn aufgebracht, und so lange ihr Gemahl lebt, werd ich schwerlich meine Absicht ausführen können. Wohlan dann, wir bedörfen seines Ansehens bey dem Treffen; ist dieses geendiget, so mag diejenige, die seiner los seyn möchte, zusehen wie sie ihm beykommen kan. Was die Gnade betrift, die er gegen Lear und Cordelia im Sinn hat, wofern sie in unsre Gewalt kommen, so sollen sie gewiß nichts davon sehen; denn mein Interesse ist auszuparieren, nicht anzugreiffen.

(Geht ab.)

Vierter Auftritt

(Ein Getümmel und Trompeten-Stoß hinter der Schaubühne.

Lear, Cordelia und Soldaten ziehen mit Trummeln und Fahnen über die Scene, und gehen wieder ab.)

Edgar und Gloster treten auf.

Edgar. Hier, Vater, ruhet unter dieses Baumes wirthlichem Schatten aus, und bittet für den Fortgang der gerechten Sache. Ich komme gar nicht wieder zurük, oder ich bringe euch eine tröstliche Zeitung mit.

Gloster. Gott steh euch bey, Sir.

(Edgar geht ab.)

(Trompeten-Schall, Gefecht und Flucht hinter der Bühne.)
Edgar tritt wieder auf.

Edgar. Laß uns fliehen, alter Mann; gieb mir deine Hand, laß uns fliehen. König Lear hat verlohren, er und seine Tochter sind gefangen; Gieb mir deine Hand, komm!

Gloster. Nicht weiter, Sir; ich kan hier so gut verfaulen als an einem andern Ort.

Edgar. Wie? schon wieder in schwermüthigen Gedanken? Die Menschen müssen bey ihrem Ausgang aus der Welt, wie bey ihrem Eintritt, die natürliche Zeit erwarten; sie müssen zu beyden reif werden; kommet mit.

Gloster. Ihr habt würklich recht.

(Sie gehen ab.)

Fünfter Auftritt

Edmund zieht mit Lear, und Cordelia, als Gefangenen im Triumph auf.

Edmund. Einige Officiers können sie hinweg führen. Bewachet sie genau, bis uns der hohe Wille derjenigen, die über sie zu entscheiden haben, bekannt seyn wird.

Cordelia. Wir sind nicht die ersten, die sich mit der besten Absicht das schlimmste Glük zugezogen haben. Nur um deinetwillen, unterdrükter König, bin ich niedergeschlagen. Träfe unser Unglük mich allein, ich würde ihm Troz bieten – – – Werden wir diese Töchter, und diese Schwestern nicht zu sehen kriegen?

Lear. Nein, nein, nein, nein! komm, laß uns ins Gefängniß gehen; Wir beyde allein wollen singen wie Vögel im Keficht: Wenn du mich um meinen Segen bittest, will ich niederknien, und dich um deine Verzeihung bitten. So wollen wir leben, und beten und singen, und uns alte Mährchen erzehlen, und über vergüldete Sommer-Fliegen lachen, und armselige Schurken von Hofneuigkeiten reden hören, und dann wollen wir mit ihnen schwazen, wer gewinnt, wer verliehrt, wer drinnen ist, wer draussen, und so zuversichtlich von den geheimen Angelegenheiten reden, als ob wir Gottes Kundschafter wären. Und so wollen wir in einen Kerker eingemaurt, die Banden und Secten der Grossen überleben, die, gleich der Ebbe und Fluth, je nachdem das Glük wächst oder abnimmt, sich zusammendrängen oder zurükfliessen.

Edmund. Führt sie hinweg.

Lear. Auf solche Opfer, meine Cordelia, möchten die Götter selbst Weyhrauch herabstreuen. *(Er umarmt sie.)* Hab ich dich in meinen Armen? Der uns trennen will, muß einen Brand vom Himmel bringen, und uns wie Füchse von einander feuern. Wische deine Augen; ehe soll der Aussaz ihnen das Fleisch von den Knochen nagen, eh sie uns weinen machen sollen. Wir wollen sie eher verhungern sehen.

(Lear und Cordelia werden abgeführt.)

Edmund. Tritt näher, Hauptmann, und höre. Nimm dieses Papier; geh, folge ihnen ins Gefängniß. Ich habe dich erst um eine Stuffe befördert; wenn du thust, was dich dieses anweißt, so machst du deinen Weg zu einem glänzenden Glük. Wisse, daß die Menschen sind wie die Zeit ist; ein zärtliches Herz schikt sich nicht zu einem Degen an der Seite – – der wichtige Auftrag der dir gemacht wird, leidet keine Einwürfe; versprich entweder, daß du es thun willt, oder suche dein Glük auf einem anderen Wege.

Hauptmann. Ich will es thun, Mylord.

Edmund. So beschleunige dich, und schreibe mir in dem Augenblik da du es gethan hast. Merke daß ich sage, im gleichen Augenblik, und führe die Sache aus, wie ich's aufgesezt habe.

(Der Hauptmann geht ab.)

Sechster Auftritt

(Trompeten – – Der Herzog von Albanien.)

Gonerill, Regan und Soldaten treten auf.

Albanien. Sir, ihr habt an diesem Tage eure angestammte Tapferkeit bewiesen, und das Glük hat euch wol geführt. Ihr habt die Gefangenen, die in dem Streit dieses Tages unsre Gegner waren; wir fodern sie von euch zurük, um so mit ihnen zu verfahren, wie beydes ihr Verdienst und unsre Sicherheit von uns erheischen wird.

Edmund. Sir, ich hielt es für rathsam, den alten elenden König unter guter Aufsicht, irgends in Verwahrung zu bringen, da sein hohes Alter, und noch mehr sein Titel eine Zauberkraft in sich hat, die Herzen des Volks auf seine Seiten zu ziehen, und unsre eingelegte Lanzen in unsre eigne Augen zu stossen. Ich schikte die Königin mit ihm; meine Ursache ist eben dieselbe; sie sind aber bereit, morgen oder zu einer andern Zeit, wenn ihr euer Gericht halten werdet, zu erscheinen. Izo schwizen und bluten wir; der Freund hat seinen Freund verlohren, und die besten Händel werden in der ersten Hize von denen verflucht, die ihre Schärfe fühlen. Das Verhör der Cordelia und ihres Vaters erfordert bessere Gelegenheit.

Albanien. Sir, mit eurer Erlaubniß, ich hielt euch in diesem Krieg nur für einen Unterthanen, nicht für einen Bruder.

Regan. Und das ist die Ehre die wir ihm zugedacht haben. Mich dünkt, ihr hättet uns gar wol um unsre Gedanken fragen mögen, eh ihr euch so weit herausgelassen hättet. Er führte unsre Völker an, er war mit dem Ansehen meines Plazes und meiner Person bekleidet, und diese unmittelbare Vorstellung ist wol berechtiget aufzustehen und sich euern Bruder zu nennen.

Gonerill. Nicht so hizig; seine persönlichen Verdienste erhöhen ihn mehr als eure Beförderung.

Regan. In dem Recht womit ich ihn bekleidet, kan er die Besten seines gleichen nennen.

Albanien. Das wäre nicht weniger, als wenn er euch heurathen würde.

Regan. Spötter werden oft Propheten.

Gonerill. Holla, holla! Das Auge das euch so berichtete, schielte ein wenig.

Regan. Lady, ich befinde mich nicht wohl, sonst wollte ich euch aus überfliessendem Herzen antworten. Feldherr, nimm du meine Kriegsleute, meine Gefangene, mein Erbgut, und mich selbst; schalte damit nach deinem belieben! Die ganze Welt sey Zeuge, daß ich dich hier zu meinem Herrn und Meister ernenne.

Gonerill. Bildet ihr euch ein, daß ihr ihn besizen werdet?

Albanien. Die gröste Hinderniß ligt nicht in euerm guten Willen.

Edmund. Noch in deinem, Lord.

Albanien. Allerdings, du nichtswürdiger Bube.

Regan. So laßt die Trummel schlagen, und beweisen, daß mein Recht das deinige ist.

Albanien. Haltet noch und höret: Edmund, ich bemächtige mich deiner Person wegen Hochverraths, und zugleich mit dir, dieser vergoldeten Schlange. Was euern Anspruch betrift, schöne Schwester, so parire ich ihn zu Gunsten meiner Gemahlin, die mit diesem Herrn bereits in Tractaten begriffen ist. Als ihr Ehmann widerspreche ich euerm Ausruf; wenn ihr heurathen wollt, so bewerbet euch um mich, meine Gemahlin ist schon bestellt.

Gonerill. Ein Zwischenspiel – –

Albanien. Du bist bewafnet, Gloster; laß die Trompete blasen; wenn niemand erscheint, deine schändliche, offenbare und manchfaltige Verrätherey an deiner Person zu erweisen, so ist hier mein Handschuh; auf dein Herz will ich beweisen, und eher keinen Bissen Brodt zu mir nehmen, daß du nichts weniger bist, als wovor ich dich hier ausgeruffen habe.

Regan. O! wie übel wird mir – –

Gonerill *(für sich.)*
Wenn es nicht so wäre, so wollt' ich keinem Gift mehr trauen.

Edmund. Hier ist mein Gegenpfand; wer der auch in der Welt ist, der mich einen Verräther nennt, der lügt es wie ein Nichtswürdiger: Laßt die Trompete schallen. Erscheine, wer es wagen will; an ihm, an euch, an einem jeden, will ich meine Ehre und Treue standhaft behaupten.

Albanien. Einen Herold, he!

Ein Herold kömmt.

Albanien *(zu Edmund.)*
Du hast nichts worauf du dich verlassen kanst, als deine eigne Tapferkeit; denn deine Soldaten, die alle in meinem Namen aufgeboten worden, haben auch in meinem Namen ihre Entlassung erhalten.

Regan. Es wird mir immer schlimmer – –

Albanien. Sie ist nicht wohl, führet sie in ihr Zelt.

(Regan geht ab.)

Siebender Auftritt

Albanien *(zum Herold.)*
Hieher, Herold, laß die Trompete schallen, und ließ dieses ab.

(Ein Trompeten-Stoß. Der Herold ließt.)

Herold. Wenn irgend ein Mann von Ritterlichem Stand und Würde unter diesem Heer gegen Edmund anmaßlichen Grafen von Gloster behaupten will, daß er ein vielfacher Verräther ist, der erscheine bey dem dritten Trompeten-Stoß; er steht fertig, sich zu vertheidigen.

1. Trompeter.

Herold. Abermal!

2. Trompeter.

Herold. Zum drittenmal.

3. Trompeter.

(Eine Trompete antwortet von innen.)
Edgar, tritt bewafnet auf.

Albanien. Frag ihn sein Vorhaben, warum er auf diesen Ruf der Trompete erscheint?

Herold. Wer bist du? Was ist dein Name und dein Stand? Und warum antwortest du auf diese Ausforderung?

Edgar. Wisse, meinen Namen habe ich durch den giftigen Zahn der Verrätherey verlohren; dennoch bin ich so edel als der Gegner, mit dem ich es aufnehmen will.

Albanien. Wer ist dieser Gegner?

Edgar. Wer ist der, der für Edmund Grafen von Gloster das Wort führt?

Edmund. Er selbst; was hast du ihm zu sagen?

Edgar. Zieh deinen Degen, damit wenn meine Rede ein edles Herz beleidigt, dein Arm dir Recht verschaffen könne. Hier ist der meine. Ich thue, was mein ritterlicher Stand, mein Eyd und mein Beruf von mir fordern. Deiner Stärke, Ehren-Stelle, Jugend und Würde ungeachtet, troz deinem siegreichen Schwerdt und deinem nagelneuen Glük, behaupte ich daß du ein Verräther bist, treuloß gegen die Götter, deinen Vater und deinen Bruder, verschworen wider diesen hohen ruhmwürdigen Fürsten, und von dem äussersten Wirbel deines Hauptes bis zu dem Staub an deiner Fußsole, durchaus ein Kröten-flekichter Verräther. Sagst du, nein, so ist dieses Schwerdt und dieser Arm gezükt, und meine besten Lebensgeister gesammelt, es auf dein Herz, zu dem ich rede, zu beweisen, daß du lügst.

Edmund. Die Klugheit erforderte nach deinem Namen zu fragen; jedoch, da dein Ansehen so schön und ritterlich ist, und in deiner Sprache ein Ton von Erziehung athmet, so verachte ich die Bedenklichkeiten, wodurch ich nach den Gesezen der Ritterschaft deine Ausforderung ablehnen könnte. Ich schleudre also alle diese Verräthereyen auf dein Haupt zurük, und überwälze mit denen hölle-verhaßten Lügen dein Herz, durch welches ihnen dieses mein Schwerdt einen Weg machen soll, wo du auf ewig ruhen sollst. Trompeten, redet!

(Die Trompeten erschallen. Sie fechten.)

Gonerill. O rettet ihn, rettet ihn; diß ist ein angestelltes Spiel, Gloster: Nach den Gesezen des Zweykampfs warst du nicht verbunden einem unbekannten Gegner zu antworten; du bist nicht überwunden, sondern betrogen.

Albanien. Schließt euern Mund, Dame, oder ich will ihn mit diesem Papier stopfen – – Du ärgstes unter allen Dingen, ließ deine eigne Schande – – Es nüzt nichts, es zu zerreissen, Lady; ich merke ihr kennt es.

Gonerill. Sag, ob ich es kenne; die Geseze sind mein, nicht dein; wer kan mich dafür zu Rede stellen?

Albanien. Ungeheuer, kennst du dieses Papier?

Gonerill. Fragt mich nicht, was ich kenne – –

(Gonerill geht ab.)

Albanien *(zu einem Hofbedienten.)*
Geht ihr nach sie ist in Verzweiflung, habt Acht auf sie.

Achter Auftritt

Edmund. Alles, wessen ihr mich bezüchtiget habt, das hab ich gethan, und noch weit mehr, das die Zeit ans Licht bringen wird. Es ist nun vorbey, und ich auch. Aber wer bist du, dem das Glük diesen Vortheil über mich gegeben hat? Wenn du edel bist, so vergeb ich dir.

Edgar. Diese Gesinnung verdient erwiedert zu werden. Ich bin von Geburt nicht weniger als du bist, Edmund, und wenn ich mehr bin, so ist das Unrecht desto grösser, das du mir gethan hast. Mein Name ist Edgar und deines Vaters Sohn. Die Götter sind gerecht, und machen aus unsern wollüstigen Verbrechen Werkzeuge uns damit zu peitschen. Der finstre und unzüchtige Plaz, wo er dich zeugte, hat ihm seine Augen gekostet.

Edmund. Du hast recht gesprochen; es ist wahr, das Rad ist ganz umgelauffen, und ich bin hier.

Albanien *(zu Edgar.)*
Mich däuchte, dein Ansehen weissage einen königlichen Adel. Laß dich umarmen – – Kummer möge mein Herz zersplittern, wenn ich jemals dich oder deinen Vater gehasset habe.

Edgar. Würdiger Prinz, ich weiß es.

Albanien. Wo habt ihr euch dann verborgen gehalten, und woher erfuhret ihr den elenden Zustand euers Vaters?

Edgar. Indem ich ihn nährte, Mylord. Höret einer kurzen Erzählung zu, und wenn sie erzählt ist, o daß dann mein Herz bersten möchte! – – Der blutige Ausruf, der so nah auf meine Flucht folgte, lehrte mich (wie süß ist das Leben, daß wir lieber stündlich die Pein des Todes ertragen, als einmal sterben wollen!) lehrte mich in die Lumpen eines wahnwizigen Bettlers mich zu verkleiden, die Aehnlichkeit eines verschmähten Hundes anzunehmen; und in dieser Gestalt begegnete ich meinem Vater mit seinen blutenden Augen-Ringen, die nur erst ihre kostbaren Brillianten verlohren hatten; ich wurde sein Führer, leitete ihn, bettelte für ihn, rettete ihn vor der Verzweiflung, und entdekte ihm niemalen (o daß ich es gethan hätte!) wer ich sey, bis ungefehr vor einer halben Stunde da ich mich bewafnet hatte, und zwar in Hoffnung dieses glüklichen Ausgangs, doch nicht ohne Zweifel, um seinen Segen bat, und ihm meine Pilgramschaft von Anfang bis zu End erzählte. Aber ach! sein verwundetes Herz, zu schwach den Kampf entgegengesezter Leidenschaften auszuhalten, brach lächelnd zwischen Freude und Schmerz.

Edmund. Diese eure Rede hat mich gerührt, und wird vielleicht eine gute Würkung haben; aber fahret fort, ihr sehet aus, als ob ihr noch mehr zu sagen hättet.

Albanien. Wenn es noch traurigere Sachen sind, so haltet ein; denn das was ihr erzählt habt, ist schon bereit mein Herz aufzulösen.

Edgar. Für menschliche Gemüther möchte dieses zum äussersten Grad des Elends genug seyn; aber diejenigen, die ein Vergnügen an grausamen Schauspielen haben, möchten gern immer mehr dazu thun, und nur ein Jammer der sich nicht grösser denken läßt, kan ihr Mitleiden rege machen. Während daß ich vor Schmerz laut winselte, kam ein Mann, der mich in meinem schlimmern Zustand gesehen und meine verabscheute Gesellschaft geflohen hatte; izt aber, da er fand wer es war, der so viel erlidten hatte, heftete er seine starken Arme um meinen Hals, und schrie, so laut als ob er den Himmel zerspalten wollte; warf sich auf meinen Vater, erzählete die Geschichte von Lear und ihm, die kläglichste, die je ein Ohr gehört hat; und machte durch diese Vorstellung seinen Schmerz von neuem so heftig, daß die Stränge des

Lebens zu reissen anfiengen – – Indeß erklang die Trompete zum zweiten mal, und ich verließ ihn ohne Gefühl seiner selbst.

Albanien. Wer war dann dieser?

Edgar. Mylord, es war Kent, der verbannete Kent, der in unkenntlicher Verkleidung seinem König folgte, und ihm Dienste that, die eines Sclaven unwürdig gewesen wären.

Neunter Auftritt

Ein Edelmann zu den Vorigen.

Edelmann. Hülfe! Hülfe!

Edgar. Was für Hülfe?

Albanien. Rede.

Edgar. Was will dieses blutige Messer?

Edelmann. Es ist heiß, es raucht; es kommt eben aus dem Herzen – – O! sie ist todt!

Albanien. Wer ist todt? Rede, Mann.

Edelmann. Eure Gemahlin, Mylord, eure Gemahlin, und ihre Schwester ist von ihr vergiftet worden; sie bekennt es.

Edmund. Ich war mit beyden versprochen; bald werden wir alle drey zusammen kommen.

Edgar. Hier kommt Kent.

Kent tritt auf.

Albanien. Bringt die Leichname herbey, todt oder lebend.

(Gonerills und Regans Leichen werden auf die Bühne gebracht.)

Dieses Gericht des Himmels macht uns zittern, ohne unser Mitleid zu erregen – – *(indem er Kent ansichtig wird)* O! er ists! Vergebet, Mylord. Die Umstände worinn wir sind, erlauben nicht an die Beobachtung der Höflichkeit zu denken.

Kent. Ich bin gekommen, meinem König und Herrn das lezte Lebwohl zu sagen. Ist er nicht hier?

Albanien. Wir haben das Wichtigste vergessen. Sprich, Edmund, wo ist der König? Wo ist Cordelia? Siehst du dieses Schauspiel, Kent?

Kent. Himmel! was ist das?

Edmund. So wurde Edmund geliebt; Die eine vergiftete die andre um meinetwillen, und ermordete sich sodann selbst.

Albanien. So ist es; verhüllet ihre Gesichter.

Edmund. Ich schnappe nach Leben, um troz meiner eignen Natur, noch etwas Gutes zu thun. Sendet eilends in das Schloß, ich habe einen Befehl gegen das Leben Lears und Cordelias ausgestellt; schiket, eh es zu spät ist.

Albanien. Rennet, rennet, o! rennet – –

Edgar. Zu wem, Mylord? Wer hat die Aufsicht im Schlosse? Schike ihm ein Merkmal, woraus er deinen geänderten Willen erkennen kan.

Edmund. Du hast wohl hieran gedacht; nimm meinen Degen, gieb ihn dem Hauptmann – –

Edgar. Eile, so lieb dir dein Leben ist.

(Der Bote geht ab.)

Edmund. Er hatte von eurer Gemahlin und mir Befehl, Cordelia im Gefängniß zu erhängen, und die Schuld ihrer eignen Verzweiflung beyzumessen.

Albanien. Die Götter beschüzen sie! – – Traget ihn indessen hinweg.

(Edmund wird fortgetragen.)

Zehnter Auftritt

Lear tritt auf, Cordelia todt in seinen Armen tragend.

Lear. Heult, heult, heult, heult – – O! ihr seyd Menschen von Stein; hätt' ich eure Zungen und Augen, ich wollte sie so brauchen, daß des Himmels Gewölbe krachen sollte: Sie ist auf ewig dahin. Ich verstehe mich darauf, ob einer todt ist oder ob einer lebt; Sie ist todt wie Erde. Leiht mir einen Spiegel; wenn ihr Athem das Glas trübe macht, dann will ich sagen, sie lebt.

Kent. Ist das der gehoffte Ausgang?

Lear. Diese Feder regt sich, sie lebt; wenn es so ist, so ist es ein Wechsel, der allen Kummer bezahlt, den ich jemals gefühlt habe.

Kent *(kniend.)*
O mein guter Meister.

Lear. Ich bitte dich, hinweg.

Edgar. Es ist der edle Kent, euer Freund.

Lear. Das Verderben über euch alle, ihr Verräther! Ich hätte sie noch retten können; izt ist sie auf immer dahin. Cordelia, Cordelia, bleibe noch ein wenig. Ha! – – Was sagtest du? – – Ihre Stimme war immer sanft, anmuthig und gelassen; ein vortrefliches Ding an einem Weibsbilde! Ich tödtete den Sclaven der dich erdrosselte.

Der Edelmann. Es ist wahr, Mylords, er that es.

Lear. That ichs nicht, Bursche? Ich weiß die Zeit, da ich sie mit meinem guten krummen Weidmesser wollte springen gemacht haben: Izt bin ich alt, und alle diese Widerwärtigkeiten sezen mir zu – – Wer seyd ihr? Meine Augen sind keine von den besten; ich kan es euch nicht verheelen – – – Seyd ihr nicht Kent?

Kent. Ich bin es, euer Diener Kent; wo ist euer Diener Cajus?

Lear. Es war ein guter Bursche, das kan ich euch sagen; er konnte zuschlagen, und das ohne sich lange zu besinnen – – Nun ist er todt und verfault.

Kent. Nein, mein guter Lord, ich bin dieser Mann.

Lear. Das will ich gleich sehen.

Kent. Der vom Anfang eurer Unglüksfälle euren traurigen Fußstapfen gefolget ist.

Lear. Ihr seyd willkommen.

Kent. Aber gewiß sonst kein andrer – – Alles ist hier freudenlos, finster und todt. Eure ältesten Töchter haben sich selbst abgethan, und sind in Verzweiflung gestorben.

Lear. Ja, so denke ich.

Albanien. Er weiß nicht, was er sagt; und es ist izt vergeblich, daß wir uns ihm vorstellen.

Edgar. Ganz vergeblich.

Ein Bote zu den Vorigen.

Der Bote. Edmund ist todt.

Albanien. Das ist nur eine Kleinigkeit. Ihr Lords und edle Freunde höret unsre Entschliessung: Was uns übrig gelassen ist, den grossen Jammer dieses Tages zu lindern, das soll angewendet werden. Was uns betrift, so treten wir, so lang diese alte Majestät leben wird, ihm unsre oberste Gewalt, und euch *(zu Edgar)* unsre Rechte ab, mit allen den Vorzügen, die eure Tugend mehr als verdient hat. Alle Freunde sollen die Belohnung ihrer Tugend, und alle Feinde den bittern Kelch ihrer Uebelthaten schmeken – – O seht, seht – –

Lear. Und meine arme Seele ist gehangen Nein, nein, nichts mehr von Leben. Wie, soll ein Hund, ein Roß, eine Raze leben, und du sollst nur nicht Athem holen? Du wirst nimmer wieder kommen, nimmer, nimmer, nimmer, nimmermehr – – Ich bitte euch, macht diesen Knopf auf. Ich danke euch, Sir. *(Er deutet auf Cordelias Leiche.)* Seht ihr das? Sehet hieher, seht auf ihre Lippen, seht hieher, seht hieher – –

(Er stirbt.)

Edgar. Er wird ohnmächtig.

Kent. Brich, Herz, ich bitte dich, brich.

Edgar. Sehet auf, Mylord. *(zu Lear.)*

Kent. Plage seinen Geist nicht: O! laß ihn seinen Weg gehen; er würde den hassen, der ihn länger auf die Folter dieser unbarmherzigen Welt ausspannen wollte.

Edgar. In der That, er ist todt.

Kent. Das Wunder ist, daß er so lange ausgedaurt hat; er usurpirte nur sein Leben.

Albanien. Traget sie von hinnen; unser iziges Geschäfte ist allgemeines Weh. Freunde meiner Seele, regieret ihr beyde das Reich, und erhaltet den einstürzenden Staat.

Kent. Mylord, ich bin am Ende meiner Tagreise: Mein Meister ruft mir, ich darf nicht sagen nein.

(Er stirbt.)

Albanien. Vom Gewicht dieser jammervollen Zeit zu Boden gedrükt, reden wir was wir fühlen, nicht was wir sollten. Der Aelteste hat am meisten gelidten: Wir, die wir jung sind, werden nicht lange genug leben, um wieder soviel zu sehen.